Learning by DOGing

Iris D. Chris

Das Buch:

We all need innovative ideas - das meint zumindest der Trainer in der Geschichte „English for dogs". Und während Christina in „Restaurant" über ein ganz spezielles Etablissement staunt, blamieren die vierbeinigen Hauptdarsteller in „Flirtcrasher" ihre Zweibeiner bis auf die Knochen. Was wir mit unseren Hunden erleben und wie wir von ihnen noch das eine oder andere lernen können, wird in acht herrlichen Kurzgeschichten im ersten Bellotristik-Sammelband „Learning by DOGing" treffend beschrieben. Geschichten, wie sie nur mit Hund(en) passieren.

Die Autorin:

Iris D. Chris war nach ihrer Ausbildung in der Modebranche für verschiedene Firmen tätig und viel unterwegs. Als sie sich in einer gesundheitlich bedingten Zwangspause ehrenamtlich als Gassigeherin in einem Tierheim engagierte, loderte ihre in ihrer Kindheit begründete Liebe zu Hunden wieder vollends auf. Kein halbes Jahr später war das Tierheim um einen Insassen ärmer.

Aus Interesse absolvierte sie eine nebenberufliche Ausbildung zur Tierheilpraktikerin, in der sie ihre Abschlussarbeit über BARF (Biologisch Artgerechtes Rohes Futter) bei Hunden schrieb, aus der auch ein Sachbuch entstand.

Heute ist die Autorin nach wie vor in ihrem erlernten Beruf tätig, lebt und arbeitet in der Nähe von Nürnberg, wo ihre Texte entstehen – inspiriert von Beobachtungen und eigenen Erlebnissen – und kann sich ein Leben ohne Hund nur schwerlich vorstellen.

Learning by DOGing

Iris D. Chris

Bibliografische Information der Deutschen Nationalbibliothek: Die
Deutsche Nationalbibliothek verzeichnet diese Publikation in der
Deutschen Nationalbibliografie; detaillierte bibliografische Daten
sind im Internet über dnb.dnb.de abrufbar.

Umschlaggestaltung, Satz und Layout: Iris D. Chris
Verwendete Grafiken/Motive:
© zolotons von www.fotolia.de und © Iris D. Chris
Lektorat: Marion Voigt

1. Auflage, 01.11.2020
ISBN: 9783751999625
© 2020 Iris D. Chris

Herstellung und Verlag: BoD - Books on Demand, Norderstedt

Inhalt

Lesson
1

Restaurant

Florentine, Daniel und Cosmo lernten wir beim Gassi-gehen kennen. Wir, das sind meine Hündin Bella und ich, Christina. Auf den ersten Blick aus zwei völlig unterschiedlichen Welten kommend, waren wir fünf uns auf Anhieb sympathisch. Florentine und Daniel sahen aus, als entstammten sie einer englischen Adelsfamilie, oder zumindest passten sie in ein Werbemagazin für englische Edeljacken. Ihre eben-mäßigen, aristokratisch anmutenden Gesichtszüge zogen die Blicke anderer auf sich. Ihre Bewegungen waren geschmeidig und voller Anmut. Die Kleidung war dem Wetter zwar stets angepasst, aber auch immer schick. Und selbst nach der größten Schlamm-schlacht in Wiesen und Wäldern schien kein Spritzer die Garderobe zu beschmutzen. Manchmal fühlte ich mich in ihrer Gegenwart mit meinem kleinbürgerlich angehauchten „Praktisch-Schick" nicht wirklich wohl. Aber ich war eben bodenständig. Und meist leicht bis mittelschwer verdreckt. Ich schaffte es nie, ohne Fle-cken auf der Kleidung nach Hause zu kommen. Aber das übersahen die beiden großzügig.

So unterschiedlich, wie wir Zweibeiner aussahen, so verschieden waren auch unsere Fellnasen. Wäh-rend Cosmo ein feingliedriger, langhaariger reinrassiger Weimaraner mit wunderschönen hellblauen Augen war, war meine Bella ein bunter Mix aus „Ich-habe-keine-Ahnung-was-alles" mit einem braunen und einem gelben Auge. Auch Cosmo schien immun gegen Dreckspritzer und Schmodder jeglicher Art zu sein. Das zu erwähnen ist wahrscheinlich ebenso überflüssig wie, dass meine Bella sich gerne dreckig machte. Selten ließ sie auf ihrer Rallyestrecke eine Pfütze aus.

Aber das alles waren schließlich nur Äußerlichkeiten. Was die Hundehaltung im Generellen anging oder gesundes Futter im Besonderen (jedenfalls unserer Meinung nach), darüber konnten Florentine, Daniel und ich uns wunderbar unterhalten und waren häufig einer Meinung. Das Einzige, dem ich mich nicht immer anschließen konnte, war ihre Vorliebe dafür, neue Trends aufzugreifen. Oder sie zumindest auszuprobieren. Meist damit sie später mitreden und ihrem Umfeld und ihren Bloglesern (Cosmo hatte selbstverständlich einen eigenen Hundeblog und ein Profil auf Instagram) von ihren Erfahrungen berichten konnten. Florentine und Daniel waren sozusagen Influencer. Aber glücklicherweise mit einer in meinen Augen vernünftigen Einstellung. Obwohl: Sie fanden es zum Beispiel schade, dass es in Deutschland noch keinen „Schulbus" für Hunde gab, der die „Schüler" abholte, um sie in die Hundeschule zu fahren, so wie es in Amerika schon praktiziert wurde. Oder zum Beispiel hatten sie für Cosmo einen Hunde-Wellnessbereich eingerichtet mit Decken, Laken und Kissen und einer Wärmelampe, die bei Bedarf angeschaltet wurde. Das Ganze harmonisch und farblich abgestimmt auf Cosmos Wesen: angeblich blau. Bella, sagten sie, wäre ein ausgesprochener „Grün"-Hund. Nun, einen Wellnessbereich habe ich aus Bellas Liegeplätzen jetzt noch nicht gemacht, aber ich muss zugeben, dass ich seit dieser Bemerkung auf grüne Decken und Utensilien achte.

Wie auch immer, um komplett unsinnige Dinge – wie ihren Hund zu einem Ball oder Halloween-Umzug zu schleppen oder ihm die Krallen zu lackieren - machten sie einen weiten Bogen und ließen das ihre Blogleser wissen. Damit würde ich auch definitiv nicht klarkommen und unsere Bekanntschaft würde sich auf ein absolutes Minimum beschränken. Nein, um ehrlich zu sein, würde ich ihnen dann sogar aus dem Weg gehen. Trotzdem beschäftigten mich manche dieser Gespräche noch bis in den Abend hinein. Gehörte ich doch zu denjenigen, anscheinend immer selteneren Menschen, die einem Hund zwar alles Nötige und Mögliche (und teilweise auch Unnötige, aber Schöne) zukommen ließen, ihn aber dabei einfach gerne noch Hund sein lassen möchten.

Heute war also mal wieder ein gemeinsamer Gassi-gang geplant und wir trafen uns wie verabredet am Parkplatz unseres Lieblingswaldweges. Cosmo und Bella liefen einträchtig, die Nasen nach unten gerich-tet, den Weg entlang und nach den üblichen gegen-seitigen Fragen, ob es allen gutging (und ja, es ging uns allen gut), fing Florentine an zu plaudern. „Stell dir vor, Christina, in der Stadt hat gestern ein Hunde-restaurant eröffnet, in dem Menschen wie auch ihre Hunde essen können. Die Speisekarte hat Gerichte für Menschen UND Hunde. Für Hunde werden sie ohne scharfe Gewürze oder Salz zubereitet, dafür mit fri-schen Kräutern! Für Menschen gibt es sie stattdessen mit Chili oder exotischen Gewürzen", erzählte sie fröhlich. „Da sollten wir mal hingehen, oder? Was meinst du, Bella?", fragte sie meine Hündin, die gerade schwanzwedelnd auf sie zugelaufen kam, um sich eine kurze Streicheleinheit abzuholen. Ich zögerte. „Florentine, du weißt, ich bin da nicht ganz so begeisterungsfähig wie ihr."

„Aber das klingt ganz okay. Die Hunde müssen weder mit am Tisch sitzen, noch gibt es irgendwelche gruseligen Gerichte. Ich hab mich auf der Website schon mal schlaugemacht", hakte Daniel ein, der sich bisher zurückgehalten hatte. „Gib dir einen Ruck und komm mit uns mit."

„Ich überlege es mir, okay?"

„Gut, bis zum Ende des Spazierganges lasse ich dir Zeit dazu", lachte Florentine, zwinkerte mir zu und wir setzten unsere Runde fort.

Was soll ich lange drum herumreden, am Ende willigte ich natürlich ein, mit Bella und dem aristokratischen Dreigestirn dorthin essen zu gehen. Und da die beiden Menschen der Tat waren, reservierte Daniel gleich einen Tisch für den folgenden Abend.

Für meine Verhältnisse schick gekleidet und mit einer Bella ohne Dreckspritzer standen wir vor unserem Gartentor zur Abholung bereit, als auch schon zwei gut gelaunte Menschen mit einem frisch gekämmten Weimaraner ums Eck bogen. „Das Auto ist groß genug für uns alle", hatte Florentine gestern noch gesagt und dass sie uns abholen würden. Wahrscheinlich wollte sie aber nur auf Nummer sicher gehen und vermeiden, dass ich sonst kneife. Um ehrlich zu sein, war das tatsächlich mein ursprünglicher Plan, aber der ging eben schief. Na gut. Auf dem Weg zum Restaurant ließ ich mich von Florentines guter Laune anstecken, Bella war sowieso happy, konnte sie doch mit ihrem besten Kumpel rumalbern. Schon bei der Ankunft sahen wir, dass es klug gewesen war zu reservieren. Es war die Hölle los. Nachdem Daniel auf dem restauranteigenen Parkplatz gerade so noch einen freien Fleck gefunden hatte, packten wir uns alle aus dem Auto und liefen zum Eingang. Besser gesagt, wir stellten uns in die Warteschlange, die bis zur Eingangstür noch ungefähr eine Länge von 20 Metern hatte.

„Irre", murmelte ich und war damit beschäftigt, alle Menschen und Hunde um mich herum zu inspizieren, die sich das antaten. So wie wir eben.

Eine Angestellte des Restaurants quetschte sich unter dem Nörgeln der Anstehenden nach draußen und rief: „Hat jemand von Ihnen reserviert?"

„Ja, wir", antwortete Daniel.

„Dann kommen Sie bitte nach vorne", wies uns die junge Frau an und lächelte. Ihre Haare hatte sie zu einem Pferdeschwanz zusammengebunden und gab so den Blick auf ihren seitlichen Hals frei. Als wir näher kamen, erkannte ich, dass der dunkle Fleck ein tätowierter Chihuahua war, der mich direkt anstarrte. „Folgen Sie mir."

Unter den mürrischen Blicken der anderen potenziellen Gäste in der Warteschlange drückten wir uns durch die Eingangstür ins Innere. Eigentlich erwartete ich, dass es hier laut sein würde mit all den Menschen und Hunden. Aber der Geräuschpegel war nicht höher als in einem normalen Restaurant. Ganz leise im Hintergrund lief Musik. Florentine strahlte: „Oh, eine Sonate von Bach! Wie schön. Bach beruhigt Hunde, wusstest du das, Christina?"

„Sicher weiß Christina das, Schatz", lächelte mir Daniel zu.

„Ja, äh, klar", stammelte ich und hatte keine Ahnung.

Wir wurden von dem Chihuahua-Tattoo an unseren Tisch geführt, der sich in einem schönen Eck des Restaurants befand, aus dem wir einen wunderbaren Überblick auf die anderen Gäste hatten. Die Einrichtung war geschmackvoll, wenn auch gewöhnungsbedürftig. Schwarze Möbel, rote Wände, silberne Accessoires, schwarzes Geschirr auf roten Tischdecken. „Warum nehmen die Rot? Ich dachte, Hunde können das nicht sehen", fragte Florentine mehr sich selbst als uns.

„Das ist eher für Frauchen und Herrchen", sagte eine aufmerksame Kellnerin, die sich unbemerkt von hinten, na ja, fast angeschlichen hatte. Ich jedenfalls schrak zusammen.

„Ach so", kicherte Florentine.

„Darf ich Ihre Jacken zur Garderobe bringen?", fragte die Kellnerin, die ein Tattoo auf der gleichen Halsseite wie die Platzanweiserin hatte: einen Bullterrier.

„Ja, gerne", antwortete Daniel, half uns aus den Jacken und übergab sie der Obhut der Kellnerin.

„Ist das ein Einstellungskriterium? Ein Hunde-tattoo am Hals", flüsterte ich Florentine und Daniel leise zu.

„Nicht unbedingt", kam eine leicht verschnupfte Stimme aus dem Hintergrund, „aber wir lieben Hunde alle so sehr, dass wir das gerne nach außen zeigen." Mit hochrotem Kopf drehte ich mich um und sah, wie die Platzanweiserin, die gerade die nächsten Gäste zum Nebentisch brachte, mich von oben bis unten taxierte und dann wieder ihrer Arbeit nach-ging.

„Ups, da ist jetzt eine beleidigt", grinste Daniel breit.

„Die muss Ohren haben wie ein Luchs", murrte ich.

„Hier sind die Sitzgelegenheiten für Ihre beiden Lieblinge", schallte es neben uns. Die Kellnerin, die ich Beth taufte, weil sie mit ihrer pfundigen Wuseligkeit eine gewisse Ähnlichkeit mit der Sängerin einer englischen Gruppe hatte, kam mit zwei Gebilden zurück.

„Sitzgelegenheiten?", fragte ich skeptisch.

„Natürlich!", flötete Beth und knubbelte mich an der linken Backe, als würden wir uns schon aus dem Kindergarten kennen. „Die Süßen sitzen bei uns doch nicht auf dem Boden – das wäre ja noch schöner, was?", lachte sie.

Ich sah mich um. Ach, du liebe Zeit. Alle Hunde saßen in irgendwelchen komischen Gestellen, die ihrer jeweiligen Größe und Anatomie angepasst schienen. Das hatte ich beim Hereinkommen überhaupt nicht bemerkt. Und alle Fellnasen schienen das zu genießen. Was mir vollkommen schleierhaft war, denn die Hunde sahen gruselig menschlich aus in der aufrechten Sitzposition. Entsetzt sah ich Florentine und Daniel an, die sich ebenfalls mit großen Augen umsahen. „Ist das toll!", ereiferte sich Florentine. Ich blieb skeptisch.

„Ich dachte, das hier wäre ein ‚normales' Restaurant? Und die Hunde würden nicht mit am Tisch sitzen. Ich finde das eher befremdlich."

„Das hier ist ein normales Restaurant", ließ sich Kellnerin Beth nicht beirren. „Jetzt setzen Sie sich erst mal. Schauen Sie: Ihre Hündin findet es toll. Außerdem sind die Hundestühle von unserem restauranteigenen Schreiner in monatelanger Tüftelei angefertigt worden. Er hat selbst zwei Hunde. Der weiß genau, worauf er zu achten hat, glauben Sie mir." Ich fuhr herum. Während ich mich umgesehen hatte, hatte die Kellnerin Bella in einen schwarzen Holzstuhl mit einem dicken roten Kissen geproppt. Aber Bella fühlte sich offenbar tatsächlich pudelwohl. Sie saß wie festgetackert in diesem Gebilde und sah mich mit kugelrunden leuchtenden Augen an. Auch Cosmo war bereits adäquat platziert und Florentine thronte begeistert zwischen unseren beiden Vierbeinern. Daniel stand vor mir und zog den Stuhl für mich heraus. „Na, komm, Christina, ich muss mich auch erst daran gewöhnen. Geben wir dem Ganzen hier eine Chance." Ich zögerte. Sollte ich nicht besser Bella aus diesem Stuhl befreien und mit ihr an die nächste Currywurstbude gehen? Zweifelnd sah ich Daniel an, der mir aufmunternd zunickte. Langsam ließ ich mich auf dem Stuhl nieder.

Kaum war Daniel auf den letzten freien Platz am Tisch geglitten, kam auch schon die fröhliche Beth an den Tisch, um uns allen Wasser zu kredenzen. „So, ihr hattet ja für alle das Haus-Menü bestellt. Da kommt jetzt erst mal ein feines französisches Wasser. Für die

Fellnasen pur, für euch Zweibeiner mit etwas Zitrone und einem Hauch Basilikum."

„Wir hatten das Haus-Menü bestellt?"

„Ja, ich dachte, wir lassen uns mal überraschen! Wir wissen nicht, was da kommt. Nur, dass es drei Gänge werden. Das wird spannend." Florentine schien sich richtig zu freuen. Daniel zuckte nur grinsend mit den Schultern und Cosmo und meine Bella residierten herrschaftlich in ihren Hochsitzen, als hätten sie noch nie anders gesessen. Alle im Restaurant waren gut drauf oder verhielten sich zumindest neutral, so wie Daniel. Nur ich fühlte mich wie im falschen Film.

Beth turnte erstaunlich schnell und leichtfüßig vorbei an den vielen Tischen, Menschen und Hunden, um uns unseren ersten Gang zu bringen. „So. Das ist jetzt der Starter. Ein wunderbar leichtes Pansensüppchen mit geschäumter Ziegenmilchbutter", schwärmte sie. „Für die Fellnasen aus grünem Pansen, für euch Zweibeiner aus weißem, gewaschenem Pansen. Sieht netter aus, hat dafür aber weniger Mineralstoffe", zwinkerte sie Florentine zu, die mit leuchtenden Augen auf die zugegebenermaßen appetitlich angerichteten Suppenteller sah.

„Hab ich mich verhört?", fragte ich. „Pansensuppe?"

„Guten Appetit", sagte Daniel, und stach, ohne mit der Wimper zu zucken, mit seinem silbernen Löffel durch den Ziegenmilchschaum in die Flüssigkeit und schob sich einen vollen Löffel in den Mund. Florentine tat es ihm gleich und Bella und Cosmo hatten ihre Teller schon fast leer geputzt. Mir wurde leicht kodderig.

„Warum isst du nicht?", fragte Florentine erstaunt. „Ihr lasst euch Pansensuppe vorsetzen und schaut nicht mal skeptisch? Hab ich irgendwas verpasst oder hast du nicht normalerweise an jedem Essen etwas auszusetzen? Ich finde das hier ehrlich gesagt alles recht gruselig. Und euch auch. Sorry, ich krieg das Zeug nicht runter." Eigentlich hatte ich auf Verständnis seitens meiner zweibeinigen Begleiter gehofft ob meiner Zweifel und meines Widerwillens dem Ganzen hier gegenüber. Aber die einzige Reaktion, die ich mit der Aussage, die Suppe nicht essen zu wollen, auslöste, war ein „Super, dann nehme ich die, okay?" von Daniel. Er tauschte unsere Teller und verputzte in Windeseile auch meine Suppe restlos. Ich sah mich um. War ich in eine Fernsehshow geraten, die Leute veräppelte, oder was war los? In meine Gedanken platzte Beth, die erfreut feststellte, dass nichts von dem Suppengebräu übrig war. „Oh, es hat euch allen geschmeckt! Wie wunderbar, das ist toll!" Und verschwörerisch setzte sie hinzu: „Ist auch meine

Lieblingssuppe – und dabei so gesund!" Ich holte Luft, um ihr eine nicht ganz so erfreuliche Antwort zu geben, da fiel mir Florentine mit voller Absicht ins Wort. „Ja, es war hervorragend. Wir ALLE sind begeistert, nicht wahr? Schau nur, Christina, wie happy unsere beiden Vierbeiner sind."

Ich wollte ihr entgegnen, dass ihre Aussage so nicht stimmte. Dass ich es hier furchtbar fand, dass es für mich falsch gewesen war, mitzukommen in dieses Lokal. Ich klammerte mich an mein Wasserglas mit Zitrone und einem Hauch Basilikum, das ebenfalls irgendwie komisch schmeckte, aber im Gegensatz zum Geruch der Suppe ein Gedicht war. Aber ein Blick auf unsere zwei Hunde ließ mich meine Antwort hinunterschlucken. Ich hatte Bella schon lange nicht mehr so entspannt, aber höchst aufgeweckt und zufrieden zugleich gesehen. Sie sah mich an und ihr rechtes Ohr klappte nach oben. Das machte sie nur, wenn es ihr richtig gut ging. In meinen eigenen Gedanken gefangen bekam ich vom Tischgespräch zwischen Florentine und Daniel nichts mit und wollte mich eigentlich auch nicht beteiligen, was die beiden anscheinend nicht störte.

Da kam auch schon der nächste Gang, der, das musste ich zugeben, sehr appetitlich aussah. „So, ihr Lieben, hier kommt euer Hauptgang: mit Grünlippmuschelpulver bestäubtes Lammherz mit kandiertem

Frühlingsgemüse." Sie stellte die Teller bedeutungs-voll vor uns ab und ich hätte schwören können, dass mich der Bullterrier, der an ihrem Hals prangte, ange-knurrt hatte. Ich zwinkerte kurz und schaute noch mal hin. Nein, natürlich war das Tattoo auf ihrer Haut regungslos und gab keinen Laut von sich. War da was im Wasser oder fing ich langsam an zu spinnen?

„Oh, wie exotisch", zwitscherte Florentine. Daniel und die beiden Vierbeiner waren schon wieder am Futtern. Und ich? Ich schaffte es nicht einmal, mir ein Stückchen abzuschneiden, geschweige denn zu essen. Auch nicht vom Gemüse. Kaum zwei Minuten später fragte mich Daniel, ob er meinen Teller auch noch leer essen könne, da es mir allem Anschein nach ja sowieso nicht schmecke. Ich sah zuerst ihn an und danach Florentine, die mich lediglich mit einem kurzen Blick bedachte, um sich kopfschüttelnd gleich wieder ihrem Lammherz zu widmen. Als ich mich erneut zu Daniel wandte, um seine Frage zu bejahen, hatte der sich schon über meinen Teller hergemacht. Wo um Himmels willen sind seine guten Manieren geblieben?, fragte ich mich. Auch die Geschwindig-keit, mit der er aß, erinnerte mehr an einen Hund, also einen Schlingfresser, denn an einen kultivierten Men-schen.

Direkt im Anschluss tauschte Beth erneut die Teller. „Flambierter Knusperblättermagen. Ein Gedicht!", ließ sie uns wissen und ich schwöre, diesmal knurrte mich der Bullterrier an ihrem Hals tatsächlich an. Wie gebannt starrte ich auf ihren Hals. Der Bullterrier löste sich und sein Gesicht kam zähnefletschend auf mich zu. Er knurrte und spie ein paar Beller aus. Ich schrak zurück, aber keiner außer mir schien das zu bemerken. Alle waren fröhlich und lachten. Auch unsere Hunde lachten mit. Dann mischte sich noch die Titelmelodie von *Miss Marple* in das Gelächter, aber auch das schien außer mir keiner zu hören. Die Melodie wurde eindringlicher und lauter und es dauerte einige Sekunden, bis ich begriff, dass die Melodie das Klingeln meines Mobiltelefons war, das auf dem Nachttisch vor sich hindudelte. Ich lag zu Hause in meinem Bett. Bella stand davor und wedelte mich fröhlich an, als ich mich noch recht zerknittert meldete. „Ja, Christina hier."

„Christina! Ich hoffe, ich habe dich nicht geweckt! Ich will dich auch gar nicht lange stören", sprudelte Florentine los. „Hör mal, wegen unseres Besuches im Hunderestaurant heute Abend. Steffi und Gunnar waren gestern Abend dort und waren total begeistert. Ich wollte dir nur vorher Bescheid geben, dass die Hunde doch in einer Art von Stühlen am Tisch sitzen. Stell dir vor, die haben einen hauseigenen Schreiner, der die Stühle entworfen und gebaut hat! Ist das nicht irre? Und die beiden haben uns empfohlen, das Haus-

Menü zu bestellen. Das werden wir dann noch machen, das ist dir doch recht, oder? Ich freue mich schon sehr auf heute Abend – du dich sicher auch! Wir holen dich wie vereinbart ab, bis später!" Damit legte sie auf.

Ich war vollkommen gerädert. Was war das für ein Traum. Entgegen meiner Gewohnheit ließ ich Bella zu mir ins Bett. Sie merkte, dass etwas nicht stimmte, und abgesehen davon konnte ich ein paar Kuscheleinheiten durchaus gebrauchen. Wir mümmelten uns zusammen unter die Decke und Bella legte ihre Pfote auf meinen Arm. Vielleicht wäre es doch nicht so schlecht, ihr öfter mal zu erlauben, ins Bett zu krabbeln. Langsam beruhigte ich mich, aber eines war mir klar: Ich würde da heute Abend auf keinen Fall hingehen.

Herzlos

Alles ist vorbereitet. Das geschliffene Fleischermesser: Liegt vor mir. Die todesmutige Benutzerin desselben – also ich, Susi: Anwesend. Der Hauptdarsteller: Liegt teilnahmslos herum – das Rinderherz. Was tut man sich nicht alles an, um seinem Hund Gesundes zu kredenzen. Rinderherz trocknen. Bäh. Selfmade-Goodies sozusagen. Alleine das „Zuschneiden" (man verzeihe mir die Ausdrucksweise, aber gelernte Schneiderinnen können mich verstehen). Also, das Zuschneiden an sich ist schon eklig. Da sieht man das Herz, das einst in einem armen Rind geschlagen hat, in all seinen Einzelheiten vor sich. Venen und Arterien, Atrium und Ventrikel, Kapillaren, Blut und Fettschicht. Puh. Wie lange das Herz wohl geschlagen hat in dem Rind? Bei unserer Massentierhaltung heutzutage hoffe ich nur, nicht allzu lange. Ich sei sarkastisch, sagen Sie? Herzlos? Na, herzlos ist hier erst mal nur – das Rind.

Aber zurück zum eigentlichen Thema, Sie bringen mich ganz aus dem Konzept, denn dieses Herz will noch zerkleinert und auf dem Backblech verteilt werden. So kann das Fleisch von allen Seiten gut und nachhaltig – in diesem Zusammenhang von Nachhaltigkeit zu sprechen ist nicht so toll, meinen Sie?

Nun denn: ... kann das Fleisch von allen Seiten gut und effektiv getrocknet werden (besser?). Beim Schneiden überkommt mich wieder das Ekelgefühl, obwohl sich so ein Herz überraschend fest anfühlt, kein bisschen labberig. Eher stramm, sehnig und griffig. Trotzdem scheußlich. Ich separiere Atrium von Ventrikel, zerteile die Arterie, schiebe das Fleischermesser kreuz und quer durch das Muskelfleisch, zerstückle das einst pochende Herz. Mit zugeschnürter Kehle fühle ich mich wie eine Barbarin.

Mein Hund indessen bekommt seine Nase nicht mehr unter Kontrolle. Er schnuppert, geifert, genießt das olfaktorische Erlebnis. Für ihn ist das sicher einer der geilsten Gerüche überhaupt. Der Hund ist aufdringlich. Will was abhaben von den Klumpen und Stückchen, die auf der Küchenplatte liegen und von denen er noch nicht weiß, dass er sie sowieso bekommen wird. Dürstende Wolfsaugen. Fordernde Nasenstüber. Gierig. Als wäre er heute Mittag nicht erst beinahe an einem Knochen erstickt, den er hineingefressen hat und wobei ihm ein großes Stück exakt so zwischen den Backenzähnen hängen blieb, dass die Luftröhre versperrt war und er nur noch röcheln konnte. In seiner Panik hatte er ganz vergessen, dass man auch durch die Nase schnaufen kann.

Das interessiert Sie nicht, sagen Sie? Sie herzloser Mensch, Sie. Womit wir wieder beim Thema wären.

Ich säge und stückle, schnipsle und würfle, bis alles erledigt ist, packe sämtliche Einzelteile auf ein Backblech (selbstverständlich nicht ohne selbiges vorher mit Backpapier versehen zu haben) und schiebe es in den Ofen. Dort muss der ganze Plunder bei konstanter Temperatur drei bis vier Stunden vor sich hin trocknen und dörren. Die dabei entstehenden Odeurs verbreiten ebenso lange Gestank und verpesten mir die Luft im Haus. Fleischsaft ausdünstend liegen die Stückchen eng gedrängt auf dem Backpapier und lassen die Ofentür von innen anlaufen. Der Hund steht immer noch neben mir. Nase an den Luftschlitzen des Backofens. Mich graust. Ein Geruch, der an Gammelfleisch erinnert. Muss raus aus der Küche, raus aus dem Haus. Mir ist schlecht. Ich atme im Freien die frische Luft, sauge sie in meine Lungen und lasse den Sauerstoff sich bis ins letzte Bläschen verteilen.

Der Hund weiß es natürlich nicht zu schätzen, kann es nicht ermessen, was ich mir für seine gesunde Ernährung antue – als Vegetarierin, die Rinderherzen trocknet.

Das ist Ihnen egal, sagen Sie? Vorsicht, ich habe noch immer das Fleischermesser in der Hand!

English for dogs

Florentine, Daniel, Cosmo, Bella und mich, Christina, habt ihr ja schon kennengelernt. Ihr erinnert euch sicher: mein Albtraum mit dem „Restaurant" für Hunde. Danach wollte ich partout nicht mit Florentine und Daniel ausgehen, was die beiden nicht verstehen konnten. Letztendlich überredeten sie mich dann doch und, um es kurz zu machen, es war nicht im Entferntesten so gruselig wie in meinem Traum. Zwar hatte das Restaurant tatsächlich einen hauseigenen Schreiner für die Hundemöbel, aber die Vierbeiner saßen nicht direkt mit uns am Tisch. Sie hatten eine Art Separee am Tisch, das aus einem leicht erhöhten Hundebett mit Decken und kuscheligen Kissen bestand, und pro Hund gab es einen integrierten Fress- und Wassernapf. Wie uns die Kellnerin versicherte, die nebenbei bemerkt ganz ohne Hundetattoo am Hals herumschwirrte, werden die Näpfe nach jedem vierbeinigen Gast ausgetauscht. Ebenso die Decken und Kissen und jeden Abend werden die Liegeflächen desinfiziert. Mit Betreten des Restaurants verbürgt sich sozusagen jeder Besitzer dafür, dass sein Hund keinerlei Kleingetier oder ansteckende Krankheiten mit einschleppt. Dazu muss jeder Zweibeiner die Kontaktdaten angeben. Da schimpfen sicher einige bezüglich Datenschutzrichtlinien und so, aber es dient ja dem Schutz der anderen Vierbeiner. Wahrscheinlich nehmen die noch aus allen Kissen und Decken eine DNS- und Ungeziefer-Probe und ordnen die nach Uhrzeit und Tischnummer, damit sie genau wissen, zu welchem Halter-Vierbeiner-Gespann die genommenen Proben gehören. Aber das ist nur eine vage Spinnerei von mir. Egal. Die Hunde saßen nahe bei uns, aber nicht am Tisch, es gab ein wunderbares Essen à la carte, für die Hunde in den jeweils abgespeckten Varianten, also salz-, fett- und gewürzarm. Die Angestellten, die um uns herumwuselten, waren echte Alleskönner. Geschickte Essensträger, freundliche Mensch- und Hund-Bespaßer, ab und an Streitschlichter, wenn dem einen Hund die Nase des vorbeilaufenden nicht passte, und, nicht zu vergessen, gute Verkäufer, denn wir alle hatten am Ende mehr als das vorbestellte Haus-Menü gegessen, einfach weil es so lecker schmeckte. Alles in allem war es ein gelungener Abend und es fällt mir nicht ganz leicht, das zuzugeben.

Wie ihr vielleicht noch wisst, graben Florentine und Daniel immer wieder neue Hundetrends aus, und ich versuche häufig, um dieses ganze Gedöns herumzukommen. Bella und ich sind glücklich, so wie es ist, ohne ständig nach etwas Besonderem Ausschau zu halten. Aber heute, als wir uns zu unserer regelmäßigen Gassirunde trafen, war es mal wieder so weit. Florentine schwebte schick gestylt mit Cosmo, ihrem edlen langhaarigen Weimaraner, heran, und schon von Weitem konnte ich an ihrem Gesicht erkennen, dass sie etwas im Schilde führte. Ich wappnete mich innerlich gegen das, was da kommen mochte.

„Meine Liebe, wie geht es dir? War das nicht ein toller Samstagabend mit unseren Hunden? Das sollten wir bald wiederholen."

„Ja, das muss ich zugeben. Wenn auch nicht gerne", zwinkerte ich ihr zu.

„Daniel lässt dich grüßen, er konnte heute nicht mitkommen. Aber das macht nix, machen wir eben einen Mädels-Spaziergang. Nichts für ungut, Cosmo."

„Muss Daniel dieses Wochenende wieder arbeiten?"

Florentine zögerte kurz. „Ja, er hat gerade viel um die Ohren. Du, ich hab da was tolles Neues entdeckt. Gestern im Internet. Stell dir vor ..."

Ich wich unwillkürlich leicht zurück. „Stopp, Florentine", unterbrach ich sie, „das Restaurant vergangenes Wochenende war wirklich unerwartet gut. Aber damit ist mein Bedürfnis nach neuen Entdeckungen in der Hundewelt erst einmal gestillt."

Florentine kräuselte die Lippen. „Du klingst schon wie Daniel."

Meine rechte Augenbraue schnellte nach oben. „Wie meinst du das?"

„Ach, egal. Du, unsere Hundeschule um die Ecke bietet jetzt Kurse mit externen Trainern an."

Ich ließ nicht locker. „Was ist mit Daniel?"

Aber Florentine winkte ab und setzte ein Lächeln auf. „Pass auf. Die Hundeschule, in der wir Cosmo den letzten Schliff gegeben haben, auch wenn er von vornherein schon ein Traumhund war, hat neue Kurse im Programm. *Be prepared* heißen die. Das ist sozusagen Hundeschule auf Englisch – für Halter und Hundchen! Da werden bekannte Hörsignale wie Sitz und Platz auch auf Englisch beigebracht. Es gibt einen *Beginner*- und einen *Advanced*-Kurs. Im *Advanced* wird die ganze *lesson* in Englisch durchgeführt. Ist das nicht cool?"

„Und was soll das bringen?" Florentine überhörte meinen ironischen Unterton in der Frage geflissentlich. „Das ist doch super! So können wir den Hunden auch in einer zweiten Sprache alle Signale geben. Sie lernen sozusagen mit uns eine Fremdsprache."

„Aha", sagte ich und mir wurde klar, weshalb Daniel heute durch Abwesenheit glänzte.

„Sag mal, kann es sein, dass dieser Hunde-Englischkurs der Grund ist, weswegen Daniel nicht mitgekommen ist? Bei euch hängt gerade der Haussegen schief, weil ihm das jetzt eine Spur zu viel wird mit deiner Neuentdeckungswut in Sachen Hund, oder?"

Florentine funkelte mich aus ihren hellblauen Augen an. „Ich weiß gar nicht, was ihr wollt! Wir alle brauchen innovative Ideen, in jedem Bereich. Wo wäre denn die Menschheit, wenn es nicht Visionäre gäbe, die vor allen anderen etwas Bedeutendes erkennen oder erschaffen."

„Hey, du musst nicht gleich die große Keule auspacken. Ich frage dich nur, wo der Sinn in einem Hunde-Englischkurs liegen soll. Das ist alles."

„Dann gehe ich eben alleine hin", reagierte Florentine wie ein trotziges Kleinkind und stapfte weiter. Der restliche Spaziergang verlief relativ gesprächsarm, nur unsere Hunde kommunizierten fleißig miteinander, wie immer. Und das ganz ohne Englischkurs.

Natürlich gab Florentine mir beim Verabschieden ganz beiläufig in einem Nebensatz die Information, wann und wo die erste Stunde der Beginner stattfinden sollte. Sicher mit dem Hintergedanken, dass es mir schwerfallen würde, sie dort alleine hingehen zu lassen. Und mit dieser Taktik hatte sie Erfolg. Entweder kennt sich mich zu gut oder ich bin zu großherzig. Zwanzig Minuten vor Kursbeginn schnappte ich mir Bella, die sichtlich erfreut über die Sonderrunde war, und lief in Richtung Hundeschule. Da ich erst einmal sehen wollte, ob außer meiner verrückten Freundin überhaupt noch andere lernwillige Teilnehmer da sein würden, hatte ich es so eingerichtet, dass ich gerade zu Beginn der Stunde eintrudelte.

Und was soll ich sagen? Auf dem Platz standen bereits um die fünfzehn Frau-Hund-Gespanne und mit mir ungefähr ein weiteres Dutzend draußen vor der Gittertür, die abgeschlossen war. „Warum ist die Tür zu?", wandte ich mich an eine Frau neben mir. „Die nehmen bloß maximal fünfzehn pro Kurs an. Ansonsten werden es angeblich zu viele. Voranmelden geht nicht. Wer zuerst da ist, kommt in den Kurs."

„*First come first serve*", ließ ich mit einem schiefen Grinsen verlauten und sie musterte mich abschätzend. „Sie hatten aber nicht ernsthaft geglaubt, so kurzfristig noch einen Platz zu bekommen, oder? Ich stand hier bereits eine Stunde vor Kursbeginn. Blöderweise riss Mickey", sie deutete auf den Golden Doodle, der brav zu ihren Füßen saß, „sich genau in dem Moment von der Leine los, als der Einlass begann. Der blöde Fahrradfahrer hätte ja auch später vorbeifahren können." Vielleicht sollte sie erst mal einen anderen Kurs als Englisch in der Hundeschule belegen, schoss es mir durch den Kopf, aber diesmal sagte ich zunächst nichts. Die Frau blickte mit säuerlicher

Miene auf den Platz und machte ein Gesicht, als würde sich über ihre Stirn ein Laufband mit der Aufschrift bewegen: Wir müssen leider draußen bleiben.

Ich, die das Ganze sowieso nicht ganz ernst nahm, sagte nach einer kurzen Weile leichtfertig: „Ach, vielleicht ist der Kurs gar nicht so prickelnd und der Meister Proper auf dem Hundeplatz erzählt nur Mist." Ihre stark geschminkten Augen wurden noch größer. „Meister Proper? Sagen Sie mal, Sie haben ja echt keine Ahnung. Der Typ ist der neue Stern am Hundetrainer-Himmel!"

Hoppla, da war ich wohl in ein Fettnäpfchen getreten.

„Und überhaupt", echauffierte sie sich weiter, „dass unsere Hundeschule den für diese Kurse bekommen hat, ist eine Sensation!"

Mit dem gleichen Blick wie eben taxierte sie mich und auf ihrer Stirn konnte ich eindeutig lesen: Wusste ich's doch gleich, dass die hier nix zu suchen hat. Sie drehte sich ohne ein weiteres Wort um und wurde von Mickey, der den nächsten Radfahrer am Horizont bereits entdeckt hatte, stolpernd davongezerrt.

Mittlerweile stand ich alleine vor dem Übungsplatz, denn alle anderen, die ebenfalls keinen Platz mehr in diesem Kurs ergattert hatten, waren gegangen. Nachdem ich schon mal hier war, beschloss ich, mir den

Kursbeginn noch anzuschauen, und postierte mich mit Bella an einer günstigen Stelle am Zaun.

Auf dem Platz war gerade eine Vorstellungsrunde im Gange, wobei alle in einem Kreis standen und sogar von außen zu erkennen war, dass sich jede der Damen im besten Licht darzustellen versuchte. Meister Proper hing an den Lippen jeder einzelnen, als gäbe es keine tollere Frau als sie auf der Welt.

Mit einer ausladenden Geste und einem selbstgefälligen Strahlen ging er in die Mitte des Kreises. „Nun, meine *Ladies*, dann wollen wir beginnen. Ich muss mich ja nicht vorstellen", er machte eine wirkungsvolle Pause, „und ich nehme an, es hat keine von euch was dagegen, wenn wir uns hier duzen. Denn da fängt es schon an. Im Englischen gibt es kein *du* und kein *Sie*, es gibt lediglich *you*." Dabei ging er auf eine der Kursteilnehmerinnen zu, fasste sie sanft unterm Kinn und sah ihr tief in die Augen, begleitet von leicht hysterischem Kichern von allen Seiten. Ich rollte mit den Augen und war froh, dass ich nicht mit in der Runde stehen musste. Auch Florentine giggelte und ich fragte mich, ob sie überhaupt schon bemerkt hatte, dass ich das Schauspiel beobachtete.

Der Trainer, von dem ich wirklich keine Ahnung hatte, wer er war und wie er hieß, trat zwei Schritte zurück und schwadronierte weiter. „Englisch ist die meistgesprochene Sprache auf der Welt, lassen wir die nicht europäischen Sprachen wie Chinesisch oder Hindi weg. Darauf folgen Spanisch und Französisch. *Oh, là, là.* Damit wir alle hier uns nicht nur sicher im urbanen Leben unserer deutschen Städte bewegen, sondern auch sicher und redegewandt der Welt begegnen können, gebe ich euch und euren Vierbeinern diesen Kurs. Zu Beginn noch ein klein wenig Theorie. Bevor wir in die praktischen Übungen einsteigen." Vielsagend ließ er seine Blicke schweifen und seine Augenbrauen, die aus der Entfernung aussahen wie tätowiert, zuckten zweimal kurz nach oben. Als er sich sicher war, dass auch noch die Letzte in der Runde seine Zweideutigkeit verstanden hatte, erhob er die Stimme. *„Ladies, let's start!* Wunderbar, dass ihr *Beauties* alle hier seid!"

Verzückt klatschten die Teilnehmerinnen in die Hände. Nur die Hunde sahen so aus, als ahnten sie, dass das hier eine zweifelhafte Darbietung wurde.

„We all need innovative ideas. Das hier ist eine davon. Lasst uns zusammen mit unseren Hunden die englische Sprache erforschen und erlernen."

Die englische Sprache, sicher. Das war wahrscheinlich nicht das Einzige, was der heute hier erforschen wollte. Lasst die Spiele beginnen, dachte ich, setzte mich ins Gras und stützte mein Kinn auf die Handinnenfläche. Bella war indessen nach einer kurzen

Erkundungstour zu mir zurückgekehrt und legte sich neben mich.

„Ich weiß nicht, wie es euch geht, aber wenn ich unterwegs bin und mit Deutsch nicht weiterkomme, welche Sprache kommt dann als erste zum Einsatz? Richtig – Englisch! Und damit nicht nur wir etwas davon haben, sondern auch unsere Hunde, sind wir hier. Wir lernen und erlernen in diesem Kurs alle essenziellen und wichtigen Signale und Kommandos in englischer Sprache und lehren unsere Hunde, darauf zu reagieren. So kommen nicht nur wir, sondern auch sie im Ausland besser zurecht." Meister Proper schaute ausnahmslos in begeisterte Gesichter. Nur bei Florentine bildete sich eine steile Falte auf der Stirn und sie holte Luft, um etwas zu erwidern, sank aber augenblicklich in sich zusammen, als sie einen strafenden Blick vom Meister *himself* erntete. Sie drehte den Kopf zur Seite und entdeckte uns, sah aber schnell wieder weg.

„*Sit* für Sitz und *down* für Platz werden wir heute einüben. In den weiteren Einheiten kommen dann unter anderem *drop* für Aus, *heel* für Fuß oder *stay* für Bleib dazu. Und natürlich gibt es jede Menge Ratschläge in Englisch und rund ums Englische für euch und eure Hunde. Wie gesagt, nicht nur ihr, sondern auch eure süßen Fellnasen könnt nur von diesem Kurs profitieren. Danach sind sie bereit, euch in die Welt zu begleiten, sich überall zurechtzufinden und sich sogar in London mit einer schicken einheimischen englischen Bulldogge zu unterhalten, was sie ohne Englisch ja gar nicht könnten!" Er lachte ein tiefes selbstgefälliges Lachen und alle außer mir und Florentine begriffen nicht, welchen Schwachsinn der sonnenverwöhnte Muskelprotz da gerade von sich gab. Er wurde von vierzehn Paar Frauenaugen vorbehaltlos angehimmelt. Ich hielt es auf meinem Platz nicht mehr aus, sprang auf und rief unaufgefordert: „Entschuldigung, aber bisher dachte ich, Hunde kommunizieren mit ihrer eigenen Körpersprache untereinander und dass die Regeln dieser Hundesprache bei allen Hunden gleich sind. Also vollkommen egal, ob sie aus Deutschland, Spanien oder Italien kommen. Ist es nicht so, dass die wichtigsten Signale über die Rute, die Stellung der Ohren, den Nasenrücken, die Lefzen, den Blick, die Körperhaltung und das Fell gegeben werden? Wozu bitte sollte ein Hund dann Englisch lernen, um sich in London mit einem anderen Hund zu unterhalten?"

Nicht nur Florentine sah zu mir herüber, sondern alle. Sie war allerdings die Einzige, die verstohlen grinste. Alle anderen empfanden meine Einmischung als Fauxpas. Oder soll ich lieber sagen, als *error*, sind wir doch hier in einer *English lesson*. Während die Kursteilnehmerinnen anfingen, untereinander zu tuscheln, kam Mister Poser mit hochrotem Gesicht und einer ebensolchen blank polierten Glatze näher an den Zaun gestapft und sagte mit einem gezwungenen Lächeln und so, dass es alle hören konnten: „Es tut mir wirklich außerordentlich leid, dass Sie keinen Platz mehr in meiner erlesenen Runde bekommen haben. Vielleicht klappt es ja das nächste Mal." Als er direkt am Zaun stand, war das Lächeln verschwunden, die Röte ebenfalls und sein Gesicht wie die anschließende Platte waren jetzt wutweiß. „Hör zu, Süße, ich bin hier der Experte und ich dulde keinerlei Einmischung in meine Arbeit. Also Ruhe auf den billigen Plätzen. Oder wie der Engländer zu sagen pflegt: *No comments from the peanut gallery!* Und falls irgendwelche Zweifel bestehen, für dich noch mal im Klartext: Halt die Klappe!" Er drehte sich abrupt um und schritt zurück zu seiner Runde. „Ladies, da sieht man, was es auslösen kann, wenn eine Dame keinen freien Platz mehr in meinem Kurs bekommt. Aber ihr, ihr habt es geschafft und seid hier. Lasst uns gleich zur Praxis übergehen, damit ihr und eure Fellnäschen lernt, euch weltgewandt zu geben." Er drehte sich noch einmal zu mir um und setzte hinzu: „Das ist nichts für jedermann. Oder jedefrau." Mit einem Siegerlächeln ging er auf eine der Kursteilnehmerinnen zu, legte ihr den Arm um die Schultern und erklärte ihr die ersten Schritte.

Ich für meinen Teil hatte genug gesehen und gehört, schnappte mir Bella und schlenderte zurück nach Hause.

Etwa eine Stunde später rief Florentine bei mir an. Sie wirkte kleinlaut am Telefon und druckste herum, erkundigte sich nach Bellas und meinem Befinden, obwohl wir uns gerade gesehen hatten. Nachdem ich mir das Ganze eine Weile schmunzelnd angehört hatte, fragte ich nach dem eigentlichen Grund ihres Anrufes. Sie machte es kurz. „Erstens: Ja, bei Daniel und mir gab es Streit wegen diesem Kurs. Zweitens: Der Möchtegern-Hundetrainer hat sie nicht mehr alle.

Der wusste ganz genau, dass du mit deinem Einwand recht hattest. Aber damit lässt sich anscheinend nicht genug Geld verdienen wie mit dem Humbug, den er da abgezogen hat. Hauptsache was Neues, egal ob es sinnvoll ist oder nicht. Hab mir die Stunde bis zum Schluss gegeben. Aber ein weiteres Mal gehe ich da nicht hin. Alle anderen waren begeistert. Keine hat die Aussagen angezweifelt. Leider. Du und Daniel, ihr hattet vollkommen recht. Komm doch morgen gegen sieben mit Bella rüber zu uns, ich koche etwas zur Wiedergutmachung und wir machen uns einen netten Abend, okay?"

„Okay", sagte ich, legte auf und setzte mich auf meine Terrasse. Gedankenverloren und immer noch leicht erschüttert kraulte ich Bella, die im Tiefschlaf auf ihrer Decke vor sich hingrunzte. Ein Glas Rotwein stand auf dem Tisch vor mir. Das genehmigte ich mir jetzt, nach dem komischen Nachmittag. Wir alle brauchten also innovative Ideen, Verzeihung, innovative ideas, damit wir uns und unsere Hunde weiterentwickelten. Englisch, die Weltsprache, sollte auch unseren Hunden zugänglich gemacht werden, damit sie sich überall verständlich machen konnten. Was für ein Nonsens. Allerdings fragte ich mich ernsthaft, warum keine andere Kursteilnehmerin darauf zu sprechen gekommen war, dass Hunde ihre eigene Kommunikation haben, mit der sie sich untereinander verständigen. Waren die tatsächlich alle so geblendet von dem Trainer mit der Bodybuilderfigur, den gebleachten Zähnen und dem jungenhaften Charme, der meinen Einwand sofort wegwischte? In seinem Gesicht konnte ich jedenfalls deutlich lesen, dass er froh darüber war, mich außerhalb des Zaunes zu wissen. Wenigstens war Florentine nicht ganz ahnungslos und kam noch während der Stunde zur Vernunft. Auch wenn sie sich da nicht traute, zu widersprechen, bin ich gespannt, ob sie in ihrem Blog darüber berichtet.

Ach so: Natürlich ist Englisch eine Weltsprache. Aber das ist Hündisch auch. *Cheers.*

Primelsocke
und der weise Welpe

Darf ich mich vorstellen, mein Name ist Primelsocke. Pelle von Primelsocke, um genau zu sein. Genannt werden möchte ich aber Primelsocke, da ich mich noch nie mit einem meiner Vornamen anfreunden konnte. Die Wurzeln meiner Beagle-Familie liegen nämlich in Schweden, müsst ihr wissen, und somit komme ich zu dem für hiesige Ohren eigentümlich klingenden Namen. Wenn es euch interessiert: Mein vollständiger Name lautet Pelle Robert Olix Johannson von Primelsocke. Wie ich in eure Gefilde komme, ist eine lange Geschichte. Aber die will ich euch heute nicht erzählen.

Seit Anbeginn haben wir Beagle derer von Primelsocke ein untrügliches Kennzeichen an unserem linken Hinterbein – eine Art Blüte mit Blütenblättern in Form einer Primel. Bei den meisten ist diese Fellzeichnung wunderschön zu erkennen. Bei dem einen oder anderen jedoch fehlte ein Teil eines Blütenblatts. Oder sie sahen aus, als hätte sich eine Horde Raupen darüber hergemacht. Bei einigen wenigen aus unserem ehrwürdigen Adelsgeschlecht allerdings fehlte diese Fellzeichnung komplett und, ob ihr es glaubt oder nicht, genau die waren über Generationen hinweg die schwarzen Schafe in der Familie. Deshalb hat es von jeher größte Bedeutung, sich nicht nur zu vergewissern, ob die soeben zur Welt gebrachten Welpen gesund und munter sind, sondern auch zu überprüfen, ob sich bei jedem von ihnen das besagte Merkmal zeigt. Das ist allerdings erst ab dem zehnten Tag nach der Geburt möglich, da dann, wenn sich die Augen und Ohren eines Welpen zu öffnen beginnen, die Primel „erblüht", wie wir es in unserer Familie nennen. Ist einer der Welpen ohne diese Zeichnung, wird er zwar ebenso liebevoll von der Hundemutter aufgezogen, er steht aber unter ständiger Beobachtung einiger älterer Familienmitglieder. Denn man erzählt sich von einem besonders tragischen Fall, bei dem ein Welpe im Alter von gerade mal acht Wochen seine Geschwister in einer Vollmondnacht umbrachte. Das tat er nicht im Blutrausch und verwandelt zu einem Werwolf. Nein. Er legte sich geschickt über Nase und Mund bei jedem einzelnen seiner Geschwister und entzog ihnen somit einfach die Luftzufuhr. Den Rest des kleinen Hundekörpers nahm er währenddessen zwischen seine starken Hinterläufe und unterdrückte ein mögliches Zucken, sollte einer aufschrecken und anfangen, sich zu wehren. Die Mutter, geschwächt vom Säugen der Rasselbande mit wachsendem Appetit, war erschüttert, als sie am Morgen erwachte und nur noch eines ihrer Kinder lebend vorfand. Sie hatte von der grausamen Tat nichts bemerkt. Aber der diabolische Ausdruck in den Augen des einzig überlebenden Welpen zeigte ihr, dass er an dem, was in dieser Nacht passiert sein musste, beteiligt war. Als kurz nach der schaurigen Entdeckung die Schwester der Hundemutter mit ihrem eigenen Nachwuchs erschien, loderte der Blick des Mörderwelpen auf, und er gebärdete sich wie wild. Nur mit vereinten Kräften gelang es den beiden erwachsenen Hündinnen, den jungen Rüden in ihre Gewalt zu bringen, um weiteres Unheil zu verhindern. Durch den Radau wurden die anderen der Meute ebenfalls aufmerksam und eilten herbei. Die zwei stärksten Rüden nahmen den Übeltäter in Gewahrsam, schleppten ihn vor die Tür und verstießen ihn aus der Meute, was die schlimmste Ausgrenzung für ein Mitglied der Familie von Primelsocke ist. Seit jenem Tag werden alle Welpen rund um die Uhr überwacht, damit so etwas nie wieder geschehen kann.

Ja, das erzählt man sich. Deshalb bin ich froh, dass ich eine Fellzeichnung in Form einer wunderschönen Primel auf meinem linken Hinterbein habe. Jetzt fragt ihr euch vielleicht: Und was ist, wenn die Primel auf einem anderen Körperteil zu finden ist? Nun, eine sehr berechtigte Frage. Bisher hatte die sich mir und meiner Sippschaft nie gestellt, da der Fall noch nicht eingetreten war. Obwohl meine Verwandtschaft zwischenzeitlich über die ganze Welt verteilt ist, hätte ich davon erfahren, denn ich hielt und halte regen Kontakt zu vielen von ihnen. Aber ihr werdet es bemerkt haben. Ich spreche von bisher.

Gestern hat mich mein Cousin Elias vollkommen aufgelöst kontaktiert und mir erzählt, seine Schwester Ebba habe sieben gesunde Welpen zur Welt gebracht und alle sieben besäßen eine Zeichnung in Form einer Primel. Als ich ihn daraufhin beglückwünschte, schnaubte er einmal durch die Nase.

„Einer der Welpen hat die Primel am rechten Hinterbein. Und es sind keine ausgefransten oder sonst irgendwie verunstalteten Blütenblätter. Es ist die schönste Primel mit den ebenmäßigsten Blütenblättern, die ich jemals bei einem Welpen gesehen habe."

Ich ließ Elias' Worte auf mich wirken. Nun sollte ich noch erwähnen, dass Elias und seine Schwester bereits viele Welpen gesehen haben, sind sie doch beide nicht mehr die Jüngsten und haben eine immens große Familie. Für Ebba wird wohl dieser Wurf der letzte sein, da das Aufziehen von Welpen viel Kraft kostet. Sie will sich aufgrund ihres Alters lieber mit um den Nachwuchs anderer kümmern.

„Ich komme zu euch", antwortete ich knapp.

„Das hatte ich gehofft. Wir erwarten dich. Bis wann kannst du hier sein?"

„Wenn ich gleich losgehe, bin ich bis zum Nachmittag bei euch."

Das Schloss, in dem die Geschwister Ebba und Elias von Primelsocke mit ihren Familien lebten, ist zum Glück nicht allzu weit von meinem eigenen Domizil entfernt, was mir die Entscheidung, sofort aufzubrechen, deutlich vereinfachte. Ich kenne die gesamte Familie wie auch das Schloss selbst seit meiner Welpenzeit. Dort wurde ich geboren und bin ich aufgewachsen. Sogar nachdem ich meinen Wohnsitz in die Einsamkeit des Walds verlegt hatte, kam ich oft zurück und verbrachte einen ganzen Sommer in dem alten Prachtbau. Ich verbinde ihn mit unbeschwerten Erinnerungen meines Hundelebens. Nach einem herrlichen und durch einen Zwischenstopp am Fluss auch belebenden Fußmarsch erreichte ich den Schlossplatz. Ihr müsst wissen, dass ich an keinem Gewässer der Welt vorbeikomme, ohne wenigstens ein kurzes Bad zu nehmen. Und wie durch Zufall fließt auf dem Weg zu meinen Verwandten ein mittelgroßer, zumeist ruhiger Fluss, von dessen Ufer aus man auch als

Hund problemlos in das himmlische Nass tapsen kann. Die Steine sind klein und durch das Wasser rund und glatt geschliffen, sodass es selbst meinen empfindlichen Pfoten schmeichelt.

So erfrischt stand ich vor der Pforte und blickte mich um. Es war lange her, dass ich Ebba und Elias zuletzt besucht hatte, und ich vergesse immer wieder, wie schön es hier ist. Da ich alleine lebe, haben sie mich schon öfter eingeladen, zu ihnen zu ziehen. Das Schloss wäre in der Tat groß genug und böte genügend Platz für uns alle. Wir könnten uns notfalls sogar aus dem Weg gehen, was in der angenehmsten Familie manchmal vonnöten ist. Aber obwohl ich ein Meutehund bin und so gerne ich den Kontakt zu all meinen lieben Verwandten halte, lege ich großen Wert auf meine Unabhängigkeit, Selbstständigkeit und Ruhe. Ich genieße es, mich zurückzuziehen, mich abends meinen Büchern zu widmen und vor dem Kamin meine Knochen ausstrecken zu können. Nicht, dass ihr jetzt glaubt, ich sei alt. Natürlich nicht. Aber seid doch mal ehrlich: Jeder von euch ist froh, alle viere von sich strecken zu können, wenn er für sich alleine ist. Oder?

„Primelsocke, da bist du ja", riss Elias mich aus meinen Gedanken. „Du wirst schon sehnsüchtig von allen erwartet." Er konnte sich ein Grinsen nicht verkneifen. Denn wenn Elias von „allen" redet, dann bedeutet das einen Hundeschwarm von fünfundzwanzig bis dreißig Familienmitgliedern – eine echte Meute eben. „Es sind wirklich fast alle anwesend. Jeder freut sich, dich mal wieder zu sehen. Der Rest ist noch unterwegs."

Ich sah ihn erstaunt an. „Wen meinst du denn mit ‚Rest'?"

„Um ehrlich zu sein – wir haben eine große Ratssitzung einberufen. Deshalb kommen die Clans aus den Landsitzen im Westen und Osten hinzu. Sie werden heute gegen Abend hier sein. Der Nordclan hat sich geweigert, die Reise wegen einer, so wörtlich, ‚weiteren Missgeburt' auf sich zu nehmen. Schade, aber die Entscheidung steht offenbar fest."

„Das ändert sich wohl nie. Sie haben uns noch immer nicht verziehen, dass der Vater ihres Welpenmörders aus unserer südlichen Meute kam."

„Sieht ganz so aus. Aber jetzt komm erst mal rein. Die Familie möchte dich begrüßen, und wir beide haben später Gelegenheit, in eigenen Erinnerungen zu schwelgen, bis der Rest hier eintrifft."

Vielleicht solltet ihr noch wissen, was der Unterschied zwischen Clan und Meute ist. Meuten gibt es viele. Ihre Größe ist unterschiedlich. Sie kann bis zu fünfzig Hunden groß sein, aber im Regelfall umfassen die

Meuten unserer Familie um die dreißig Hunde. Nur vier der Meuten hierzulande sind Clans, und ich gehöre einem davon an. Dem Südclan. Wie ihr schon mitbekommen habt, teilen sich die Clans in die vier Himmelsrichtungen auf, wovon der Nordclan mit Abstand der größte ist. Manche Mitglieder eines Clans sind, wenn ihr wollt, so etwas wie die Wortführer der jeweiligen Region. Das gilt auch für Elias und mich. Das bringt natürlich nicht nur Annehmlichkeiten, sondern auch viel Verantwortung mit sich. So wie die, über ein kleines, kürzlich geborenes Leben zu entscheiden. Denn um nichts anderes sollte es in der Sitzung gehen. Als hätte Elias meine Gedanken gelesen, sagte er: „Ich wünschte, das wäre nie passiert. Und das auch noch bei Ebbas letztem Wurf. Sie ist am Boden zerstört, verbringt jede Sekunde bei ihren Kleinen und kümmert sich aufopferungsvoll. Vor allem um Moon, so hat sie die", er stockte kurz und redete hastig weiter, „die Kleine getauft."

„Wer ist der Vater?"

„Er wird morgen zusammen mit dem Westclan hier ankommen. Es ist Malte. Ein friedlicher, schlauer Rüde. Als er davon hörte, zögerte er keine Sekunde, trommelte seinen Clan zusammen und sagte, sie würden sich unverzüglich auf den Weg machen."

„Malte. Ich kenne ihn." Mehr sagte ich nicht. Ich erinnerte mich gut an unser erstes und einziges direk-

48

tes Aufeinandertreffen. Schlau, ja, das ist Malte sicher, aber als friedlich hatte ich ihn nicht in Erinnerung. Nicht, dass wir körperlich aneinandergeraten wären. Nein, daran war ich noch nie interessiert. Ich löse meine Konflikte auf andere Art und Weise, und er hinterließ bei mir denselben Eindruck. Aber irgendetwas hatte er an sich, was mir missfiel. Ich spürte da etwas, und ihm entging nicht, dass ich versuchte, einen kurzen Blick hinter seine Fassade aus Zuvorkommenheit und Edelmut zu werfen. Damals war er für mich lediglich einer der führenden Köpfe des Westclans. Jetzt, da ich wusste, dass er der Vater von sieben unserer Nachkömmlinge im Südclan war, musste ich Elias davon berichten. Ich wusste nur nicht, wie ich beginnen sollte.

„Worüber denkst du nach, Primelsocke? Gibt es etwas, das ich wissen sollte?" Elias kannte mich zu gut, als dass ihm meine Grübelei entgangen wäre. Enge Familienbande können Segen und Fluch zugleich sein, findet ihr nicht auch? Da ich gerne die Wahrheit sage, auch wenn das nicht immer der leichteste Weg ist, beschloss ich, Elias von meinen Vorbehalten zu erzählen. Schon mitten in meinen Schilderungen kam mir das Ganze gar nicht mehr so beunruhigend vor, wie es sich seinerzeit für mich angefühlt hatte. Und vielleicht täuschte ich mich ja.

„Ich habe ihn als zuvorkommenden und einfühlsamen Zeitgenossen kennengelernt. Trotzdem nehme ich deine Warnung ernst, Primelsocke. Es geht schließlich nicht nur um unseren Clan, sondern auch um meine Schwester. Du musst wissen, zu dem, dass das ihre letzten leiblichen Nachkommen sind, kommt noch, dass sie sich offenbar ein klein wenig mehr für Malte interessiert als für seine Vorgänger, wenn du verstehst, was ich meine. Deshalb bitte ich dich, ihr gegenüber zunächst nichts von deinen Befürchtungen zu erwähnen."

„Ich … verstehe. Du kannst dich auf mich verlassen."

„Und jetzt lass uns reingehen."

Kaum im Inneren des Schlosses angekommen, wurde ich sogleich von den Halbstarken der Meute belagert. Sie überfielen mich mit den Problemen und Neuigkeiten von Heranwachsenden und fragten mich nach meinem „Leben in der Wildnis". Für sie bin ich eine Art Abenteurer, weil ich nicht mit ihnen in der Gruppe lebe, sondern viel unterwegs bin und mein Zuhause mitten im Wald liegt. Nach einer Weile bremsten die erwachsenen Hunde die junge Schar ein. Sie wollten meine Nerven schonen. Abgesehen davon gebe es einiges zu erzählen und vorzubereiten, sagten sie.

Nach einem frühen Abendessen führte mich mein erster Weg zu Ebba und ihrem Nachwuchs. Nur Elias und Xenia, eine seiner Töchter, begleiteten mich. Die Hundemutter mochte gerade nur wenige ausgewählte Familienmitglieder um sich leiden, seitdem die Nachricht mit der andersartigen Primel die Runde gemacht hatte. Xenia hatte zusammen mit drei anderen jungen Hündinnen die Aufgabe übernommen, auf die Kleinen aufzupassen, wenn sich Ebba von dem Gewusel der jetzt elf Tage alten Welpen etwas erholen wollte. Umso mehr freute es mich, dass sie sogar ausdrücklich nach mir fragte und mich durch Elias zu sich bat. Schon vor der Tür hörte ich Ebba mit ihren Kleinen sprechen und den einen oder anderen zum Trinken ermuntern. Ganz leise traten wir ein, um nicht zu stören. Ebba spürte unsere Ankunft, hob den Kopf nur ein winziges Stück und nickte uns zu. Sie wusste genau, was zu tun war und wie vorsichtig sie sich zu bewegen hatte, damit alle Welpen zu ihrem Recht kamen. Sie ist eben eine wunderbare verantwortungsvolle Mutter, dachte ich. Fasziniert standen wir da und beobachteten die Rangelei um die Zitzen und die sanften Stupser, mit denen die Mutter einen besonders kleinen Welpen zum Saugen bewegte. Als die ersten an den Zitzen einschliefen und schon fast herabfielen, bedachte sie uns mit einem längeren Blick. In ihren großen braunen Augen konnte ich

Freude, Stolz und Wehmut gleichermaßen lesen. Erst als der Letzte sein Mahl beendet hatte, wandte sie sich uns vollends zu.

„Hallo, Pelle", sagte sie.

„Hallo, Schönheit, wie geht es dir?"

Euch ist jetzt sicher aufgefallen, dass sie mich nicht Primelsocke, sondern Pelle genannt hat. Nun, Ebba ist die Einzige, der ich es erlaube, meinen furchtbaren Rufnamen zu verwenden. Alle anderen würden sich das nicht trauen.

Ohne auf meine Frage einzugehen, antwortete sie: „Ich klammere mich an den Gedanken, dass diese außerordentliche Zeichnung einfach nur eine Laune der Natur ist, ohne negativen Einfluss auf den Charakter der Kleinen."

„Hast du in den vergangenen Tagen etwas Ungewöhnliches an ihr bemerkt?"

„Du meinst, außer dass sie ein wunderbares Geschöpf ist? Nein, das habe ich nicht."

Ich ging leise zum Bett hinüber und legte mich so hin, dass ich die schlafenden Welpen und Ebba gut im Blick hatte. „Elias, Xenia, würdet ihr mich mit Pelle alleine lassen? Ich möchte einfach kurz in Ruhe mit ihm plaudern."

Nicht nur ich war überrascht, auch die beiden Angesprochenen staunten über Ebbas Wunsch. Elias schlug vor: „Einer von uns könnte doch hierbleiben.

Dann musst du nicht nebenher noch ein Auge auf die Kleinen haben, und ihr wärt ungestörter."

„Nein, ist schon gut. Ihr seht ja. Sie machen ihren Verdauungsschlaf. Da passiert so schnell nichts. Und wenn doch, kann Pelle losrennen und euch Bescheid geben."

Nach kurzem Zögern verließen die beiden den Raum. Die Wünsche einer Mutter werden in unserem Clan absolut respektiert.

Ebba kam ohne Umschweife zum Thema. „Ich weiß, dass ihr euch trefft, um über das weitere Leben von Moon zu entscheiden. Und auch, dass das bedeuten kann, dass sie den morgigen Tag nicht überlebt." Ihre Stimme fing an zu beben. „Bitte, Pelle, ich weiß, es ist viel verlangt. Aber sollten sie sich dazu entscheiden, Moon umzubringen, dann verhilf mir und meinen Kleinen zur Flucht. Ich habe in meinem Hundemutterleben so viel Glück gehabt und nur einmal einen Welpen verloren. Daran wäre ich fast zerbrochen. Ich werde es nicht überstehen, wenn sie mir Moon wegnehmen."

Ich hob den Kopf. „Ebba, du weißt, was du da gerade sagst? Es ist bereits Hochverrat, sich einer Entscheidung des Clans zu widersetzen, aber es ist glatter Selbstmord, sich einer Entscheidung des Rats entgegenzustellen."

Ebba drehte den Kopf zur Seite. „Du hast recht, es ist zu viel verlangt. Ich möchte dich da nicht zu tief mit hineinziehen."

„Ebba, darum geht es mir nicht. Ich will mich nur vergewissern, ob du weißt, was eine solche Aktion bedeuten würde. Natürlich helfe ich dir und deinen Kleinen, wenn das dein Wunsch ist. Aber sag mir vorher: Welchen Eindruck hast du von Moon? Ich meine, ist es dir möglich, einzuschätzen, welche Kräfte in ihr stecken? Objektiv, verstehst du? Auch wenn es schwierig ist, weil sie eine deiner Töchter ist."

„‚Nein, das kann sie nicht', würde Elias jetzt sagen, wenn er hier wäre. Aber ich spüre, dass in Moon ein starker Charakter mit vielen guten Eigenschaften steckt. Das sagt nicht nur mein Mutterherz. Pelle, hilfst du mir?"

Dem Flehen in Ebbas Augen konnte ich mich nicht verschließen. Und das wollte ich auch gar nicht. Ich sah sie lange an. Sie war noch genauso hübsch wie früher. Nur das ebenmäßig gezeichnete Fell in ihrem Gesicht hatte ein paar weiße Haare mehr bekommen.

„Du alberner Kerl, sieh mich nicht so an. Das hat mich schon früher immer in Verlegenheit gebracht."

„Ich wusste gar nicht, dass ich dich jemals in Verlegenheit gebracht hätte." Ich kroch etwas näher an ihr Lager heran und unsere Nasen berührten sich für einen wundervollen Moment.

„Wachablösung. Oh, ich störe, oder? Dann geh ich mal wieder." Ebba und ich sahen uns noch kurz in die Augen und schauten dann auf.

„Ist gut, Töchterchen. Bleib ruhig hier", sagte Ebba. Der Zauber, der gerade noch zwischen uns herrschte, war verflogen. Ich rappelte mich hoch und begrüßte meine Lieblingsnichte, die grazile Lena mit dem Herz aus Gold. Ganz die Mama.

„Primelsocke, du wirst unten im Saal erwartet. Sie sitzen bereits alle beisammen."

Schweren Herzens verabschiedete ich mich und warf noch einen Blick auf die Welpen. Zu gerne hätte ich mir mehr von Ebba erzählen lassen. Dazu war jetzt aber nicht der richtige Zeitpunkt.

Unten angekommen fand ich die Familienmitglieder bereits in eine hitzige Diskussion vertieft.

„Nach dem, was damals im Norden passiert ist, sollten wir sofort reagieren und nicht lange fackeln. Sicher ist sicher. Besser, wir haben ein einzelnes Bauernopfer, als dass mehrere Unschuldige zu Schaden kommen." „Der Meinung bin ich auch."

Da komme ich ja gerade rechtzeitig, dachte ich bei mir und sagte: „Moon ist auch eine Unschuldige. Sie ist elf Tage alt, ein ganz normales Welpenmädchen, und sie hat keiner Fliege was zuleide getan."

„Noch nicht. Und überhaupt reden wir hier von einem Nachkommen. Die Namen wurden noch nicht vergeben."

„Das mag sein, aber Ebba nennt sie so", schaltete sich jetzt auch Elias ein. „Und das kann ihr niemand verbieten. Auch nicht in diesem ungewohnt schwierigen Fall." Die Familie spaltete sich regelrecht in zwei Lager, und dennoch wussten alle, dass eine gemeinschaftliche Clan-interne Entscheidung getroffen werden musste, bevor die Meuten aus West und Ost hier eintrafen. So wägten wir das Für und Wider ab und spielten verschiedene Szenarien durch.

Wie von Elias vorhergesagt, waren die Diskussionen temperamentvoll, und die Entscheidungsfindung gestaltete sich zäh. Für mich war eine Entscheidung gegen die kleine Moon keine Option, trotz der dramatischen Ereignisse von damals. Und das hatte auch nichts mit Ebba und ihrer Bitte an mich zu tun.

Am Ende überwogen in der Familie dann doch deutlich die Stimmen für einen weiteren Verbleib des „Hexenmädchens", wie sie von denjenigen in unserem Clan genannt wurde, die ihr wenig freundlich gesinnt waren. Jedoch nur unter strengen Sicherheitsvorkehrungen und ständiger Überwachung, was bei der Stärke unserer Gemeinschaft aber kein Problem darstellte. Auch ich bot mich gerne an, einige Schichten im Wachdienst zu übernehmen, und beschloss deshalb, meinen Wohnsitz vorübergehend auf das Schloss zu verlagern.

Am späteren Abend traf zuerst der Westclan, kurz danach auch der Ostclan ein. Im Lauf der weiteren Gespräche gingen die Lösungsansätze erneut weit auseinander, und die Debatte wollte kein Ende nehmen. Während der Westclan mit Malte als Anführer eine für mich unerwartet milde Haltung Moon und ihrer Zukunft gegenüber einnahm, war der Ostclan mit Jano als Wortführer durchsetzt von vielen Hardlinern, die eine erneute „Tragödie" unbedingt vermeiden wollten. Schließlich sei das damals auch aufgrund von Unwissenheit passiert, sagten sie. Und jetzt hätten wir eine ähnliche Situation. Da eine solche Fellzeichnung noch nie vorgekommen sei, wisse schließlich keiner von uns, was auf uns zukomme. Deshalb sei es besser, das Böse im Keim zu ersticken, statt es erneut darauf ankommen zu lassen.

Ich war froh, dass Ebba auf Anraten von Elias nicht an der Besprechung teilnahm. Wohlweislich. Denn nicht nur die Forderung, Moons Leben zu beenden, an sich, sondern auch einige Meinungen darüber, wie sie zu Tode kommen sollte, waren einfach unglaublich. Es fiel mir immer schwerer, den einen oder anderen als Teil unserer großen Beagle-Gemeinschaft anzusehen. Es war schon fast Mitternacht, als endlich eine Entscheidung getroffen war, die sicher nicht alle zufriedenstellte. Nach mitreißenden Plädoyers pro Moon von Malte und meiner Wenigkeit wurde abgestimmt. Letztendlich war eine stolze Mehrheit dafür, dass sie erstens unter den von unserem Clan bereits überlegten Auflagen am Leben bleiben durfte und zweitens sogar ihren vorläufigen Namen behalten konnte. Welch ein guter Ausgang. Ich war erleichtert. Und erstaunt. Denn nach anfänglichem Misstrauen erwies sich Malte als angenehmer Gesprächspartner. Trotz alledem blieb ich ihm gegenüber weiterhin auf der Hut.

Als sich die meisten von uns bereits schlafen gelegt hatten, saß ich noch mit Elias zusammen.

„Erinnerst du dich an Margarete, unsere Großtante väterlicherseits?"

„Ja, Margarete! Die Miss Marple in Hundeform, die hinter allem und jedem ein Verbrechen vermutete!"

„Genau. Lustig war es immer mit ihr. Sie war damals eine der wenigen, die uns Halbstarke für voll genommen hat. Und wir waren natürlich immer mit Feuereifer dabei, wenn sie mal wieder einer Verschwörung auf die Spur kam."

„Ja", lachte ich. „Ich erinnere mich gut. Von ihr haben wir gelernt, niemals aufzugeben."

„Na, ihr beiden, noch wach? Seid ihr nicht müde?"
Ebbas sanfte Stimme ließ meine Nackenhaare hoch-
stehen und mein Herz schneller schlagen. Was war
nur los mit mir? Aus dem Alter, mich wie ein verlieb-
ter Pennäler zu fühlen, war ich doch definitiv raus.
Meine Empfindungen, die mich in diesem Augenblick
selbst überrumpelten, ließen mich schroffer reagieren,
als ich es vorhatte. „Na ja, was glaubst du? Dass wir
uns die Entscheidung, ob wir vielleicht morgen
deinen Welpen umbringen, leicht machen? Das dauert
einfach seine Zeit, bis alles besprochen ist. Und jetzt
entschuldigt mich, ich gehe schlafen. Wenn was ist,
ihr wisst ja, wo ihr mich findet."

Während Elias mich verwundert ansah, konnte ich
in Ebbas Augen erkennen, dass ich sie mit meinen
Worten verletzt hatte. Sie sah mich traurig an, sagte
aber nichts. Ich hätte meine Sätze gerne zurückgenom-
men, ließ die beiden aber aus Scham einfach stehen
und verschwand um die Ecke. Was ist denn bloß in
mich gefahren, dachte ich, schloss die Augen und
musste mich erst einmal an die kühle Mauer lehnen.
Irgendwie war gerade alles zu viel für mich. Die
Wanderung hierher, die vielen Erinnerungen, ein
Nachkomme, über dessen Leben oder Tod heute ent-
schieden wurde. Und dann noch die wieder aufkei-
mende Zuneigung zu Ebba, die ich dachte erfolgreich
unterdrückt zu haben. Aber anscheinend erwiderte

sie diese Zuneigung. Oder bildete ich mich das nur ein? Aber wir waren schlicht nicht füreinander bestimmt, wischte ich die zarte Hoffnung weg. Ich musste mich erst einmal ausschlafen. Morgen würde sicher alles anders aussehen. Es war einfach ein zu langer Tag mit zu vielen Ereignissen gewesen.

Ich freute mich auf mein altes Plätzchen draußen im Freien, an dem ich schon früher immer lag. Natürlich nur in warmen Nächten. Ich tapste um zwei weitere Ecken und begrüßte mein grünes Fleckchen Erde unter freiem Himmel wie eine alte Bekannte. Ihr müsst wissen, dass es für mich beinahe nichts Schöneres gibt, als draußen an der frischen Luft mein Schläfchen zu halten und vor dem Einschlafen in den Nachthimmel zu schauen. Das habe ich schon als Welpe gerne getan und meine Mutter damit regelmäßig auf die Palme gebracht, denn sie musste mich etliche Male suchen und gabelte mich an unterschiedlichen Orten auf. Bis ich dieses Fleckchen hier entdeckt hatte. Hier fühlte ich mich sicher und frei. Nachdem sie mich also mehrmals hintereinander genau hier aufgegriffen hatte, suchte sie nicht mehr nach mir, wenn ich am Abend verschwunden war. Sie wusste, wo ich schlief, und genauso, dass ich am Morgen zu ihr und den anderen zurückkehren würde. Ich brauchte eben schon von klein an meine Freiräume. Nachdem ich mich auf ebendiesen Platz gesetzt und noch kurz in die sternenklare Nacht gesehen hatte, versuchte ich, eine bequeme Schlafposition einzunehmen. Was mir heute schlicht unmöglich schien. Ich drehte mich von links nach rechts und wieder zurück, rollte mich auf den Rücken, was aber gar nicht passte. Zunächst schob ich es auf meine morschen Knochen, die mittlerweile einen weicheren Untergrund gewohnt waren. Im Endeffekt musste ich mir jedoch eingestehen, dass mich vor allem mein schroffes Auftreten von eben Ebba gegenüber um den Schlaf brachte. Als ich nach einer Weile noch immer keinen Schlaf finden konnte, gab ich mir einen Ruck. Ich stand auf und tappte in das Schloss hinein. Meine Augen mussten sich kurz an den Lichtunterschied gewöhnen, aber da ich die Schlossgänge fast in- und auswendig kenne, wusste ich, wo mich mein Weg hinführte. Ich schlich die Gänge entlang, wich allen Hindernissen aus und war bedacht darauf, leise zu sein. Mitten in der Nacht, wenn alles still ist und die Welt schläft, klingen sogar die leisesten Geräusche wie Paukenschläge. Kurz vor meinem Ziel stand ein Strauß Lilien in einer Bodenvase. Ich blieb kurz stehen und roch daran. Wie herrlich. Allerdings verfing sich dabei ein wenig Blütenstaub in meiner Nase und ich kämpfte mit einem Niesreiz. Während ich dagegenhielt, hörte ich von der anderen Seite des Flurs Schritte näher kommen.

Tränen schossen mir in die Augen, das Kitzeln in den Nasenhöhlen wurde fast unerträglich. Zum Glück gelang es mir, das Niesen zu unterdrücken, und ich konzentrierte mich darauf, wer hier außer mir noch mitten in der Nacht durchs Schloss geisterte. Jetzt bemerkte ich auch, dass es nicht ein, sondern zwei Hunde waren, die mir entgegenkamen. Ich hörte Wispern, konnte aber noch nichts verstehen. Ich drückte mich hinter einen Mauervorsprung und die Bodenvase und hoffte, dass mein Hintern nicht hervorspitzte. Dann erkannte ich jäh, um wen es sich handelte. Und mir blieb fast das Herz stehen.

„Ebba, glaub mir, es ist das Beste. Für dich und für Moon."

„Bist du dir sicher, dass du da nichts falsch verstanden hast, Malte? Ich meine, ich kann das gar nicht glauben. Ich kenne ihn doch. Er würde so etwas nie tun."

Malte schnalzte mit der Zunge. „Daran gibt es leider keinen Zweifel. Ich wünschte, ich könnte dir etwas anderes erzählen. Bereite dich bitte vor."

„Es ist unvorstellbar", sagte Ebba mit leicht zittriger Stimme, „aber ja, ich werde alles so machen, wie wir es besprochen haben."

Ich linste vorsichtig aus meinem Versteck hervor. Ebba und Malte standen sich gegenüber, und ich konnte Wut und Enttäuschung, aber auch Angst in

Ebbas Augen erkennen. Und ich registrierte, dass die beiden sich für meinen Geschmack zu nahe waren. Viel zu nahe. Für einen Moment verspürte ich den Drang, hervorzuspringen und mich zwischen sie zu drängen. Zum Glück siegte die Vernunft, denn kurz darauf drehte sich Ebba um und verschwand hinter ihrer Zimmertür. Malte blieb noch kurz stehen und ging dann in die Richtung davon, aus der er gekommen war. Und ich? Sollte ich Malte zur Rede stellen, wer da seiner Meinung nach was genau im Schilde führte, oder besser Ebba fragen, was geschehen war? Ich entschied mich kurzerhand für die erste Variante und füßelte hinter Malte her. Anscheinend war es mit meiner Anschleichkunst nicht weit her, denn er hörte mich fast sofort. Er wirbelte angriffslustig herum, erkannte mich und entspannte sich leicht.

„Was willst du?"

„Was hast du Ebba gerade gesagt?", fragte ich und blitzte ihn an.

„Du lauschst?" Malte lächelte mich süffisant an.

„Das tut jetzt nichts zur Sache. Was ist los? Wieso hat Ebba solche Angst, und was ist besser für sie und Moon?"

Malte schwieg.

„Hast du ihr irgendeinen Blödsinn über mich erzählt? Das klang nämlich gerade danach. Als ob ich was im Schilde führe!"

„Hast du etwa ein schlechtes Gewissen?" Er schnalzte wieder mit der Zunge und sah mich an, als hätte ich nicht mehr alle Tassen im Schrank. Und ehrlich gesagt, genau so fühlte ich mich für einen Augenblick. Aber klein beigeben würde ich nicht. Und seine blöde Angewohnheit, bei nahezu jedem dritten Satz mit der Zunge zu schnalzen, hatte ich wohl verdrängt. Aber jetzt erinnerte ich mich nur zu gut. Das hatte mich schon bei unserem ersten Aufeinandertreffen tierisch genervt. Und entsprechend blaffte ich ihn jetzt an: „Beantworte einfach meine Fragen, und spiel dich hier nicht so auf. Wenn Ebba und Moon in Gefahr sind, geht das nicht nur dich was an, sondern auch mich, kapiert?"

„Ruhig, Brauner", setzte er an und schnalzte wieder mit der Zunge. Da platzte mir der Kragen. Was für ein aufgeblasener eitler Gockel. Obwohl er etwas größer und kräftiger war als ich, schreckte er zurück an die Wand, als ich einen Satz auf ihn zumachte und ihn mit gefletschten Zähnen ein letztes Mal aufforderte, seine Beißerchen auseinanderzubringen und mir zu sagen, was los war. Was ich ihm sonst noch zu verstehen gab, lasse ich hier besser unerwähnt. Ich hatte jedenfalls das Überraschungsmoment auf meiner Seite, denn er geriet fast augenblicklich ins Plaudern. Da ich praktisch Nase an Nase bei ihm stand, konnte er mir nicht bequem ins Gesicht schauen. Seine Augen flogen von links nach rechts, um mich nur irgendwie im Blick zu behalten.

Als er mir schwor, alles gesagt zu haben, was er wusste, trat ich ein paar Schritte zurück. „So, du Lackaffe, und du glaubst, dass ich dir das Ammenmärchen abkaufe, oder wie?" Er schien sich wieder gefangen zu haben, denn seine Stimme klang sicherer und fester und er stand nicht mehr leicht geduckt vor mir, sondern kerzengerade. Nur das süffisante Lächeln, das gerne seine Mundwinkel umspielte, fehlte noch. „Über den Lackaffen sehe ich jetzt mal hinweg. Glaub es, oder glaub es nicht. Ich für meinen Teil weiß auf jeden Fall, was ich zu tun habe. Im Notfall sogar mit dir zusammen, denn es geht hier um Ebba und meine Tochter. Aber denk nicht, dass ich dich darum bitte oder darauf warte, dass du dich uns anschließt. Ich habe dir alles erzählt. Du kannst nun entscheiden, was du tun willst." Damit ließ er mich stehen. Für einen Moment erwog ich, an Ebbas Tür zu klopfen, um mit ihr zu reden. Aber ich brachte nicht den Mut dazu auf. Gerade als ich weitergehen wollte, ging die Tür einen Spalt auf, und eine Stimme sagte: „Pelle, komm rein. Ich weiß, dass du vor der Tür stehst."

Peinlich berührt stupste ich die Tür auf, trat in den Raum und schob sie mit meinem Hinterteil wieder zu. Ebba stand direkt vor mir, dicht hinter ihr sah ich Lena.

„Die Diskussion zwischen Malte und dir war nicht zu überhören. Und wie ich dich kenne, glaubst du ihm kein Wort. Allerdings befürchte ich, es ist wahr. Deshalb könnten wir deine Unterstützung gut gebrauchen." Ebba sah mich flehend an. Kein Wort verlor sie über meinen unrühmlichen Auftritt von vorhin. Lena trat an ihre Seite und bekräftigte Ebbas Aussage. „Bitte, Primelsocke, wir ahnten schon länger, dass sich etwas verändert hat, wollten es aber nicht wahrhaben. Jetzt, mit der Geburt von Moon, ist die Stimmung in unserem Clan gekippt."

„Und maßgeblich beteiligt daran war und ist wohl tatsächlich mein Bruder, Elias. Auch wenn ich etwas gespürt habe, wollte ich es einfach nicht glauben. Ich weiß nicht, was mit ihm los ist, und war überrascht davon, wie stark er hinter den Kulissen Stimmung gegen Moon machte."

„Wieso sollte er das tun? Was hat er davon?", fragte ich halblaut, wobei ich die Frage mehr an mich selbst richtete als an die beiden Hündinnen. Denn völlig überzeugt war ich von der ganzen Geschichte noch nicht, ich hegte eher Zweifel an Maltes Aussagen. Wäre Ebba nicht davon überzeugt gewesen, hätte ich sie verworfen. Doch jetzt geriet ich ins Schwanken und brütete vor mich hin.

„Pelle, ich weiß es nicht. Für mich als Mutter ist das Wichtigste, dass meine kleine Moon und der Rest vom Wurf sicher sind. Und wie es aussieht, ist das hier nicht mehr der Fall. Deshalb haben Lena und ich die Kleinen schon mal in ein Versteck gebracht." Ich sah hoch und blickte in Ebbas Augen, die mich offen und unverwandt ansahen. Sie war sich ihrer Sache sicher, und Lena machte denselben Eindruck. „Ich helfe euch, auch wenn ich mir Elias' Verhalten nicht erklären kann", hörte ich mich sagen. „Habt ihr ihn darauf angesprochen?"

„Ja, den Fehler haben die beiden Hühner gemacht." Die Stimme hinter mir kam mir bekannt vor. Meine Nackenhaare sträubten sich augenblicklich, denn der ungewohnt aggressive und bedrohliche Unterton war mir neu. Langsam drehte ich mich um. Hinter mir stand Elias, gefolgt von einer Truppe hämisch grinsender Vierbeiner, die ich nach einigen Überraschungssekunden eindeutig dem Nordclan zuordnen konnte. Zwei von ihnen hatten Malte im Schwitzkasten, der sich zwar nach Leibeskräften wehrte, aber gegen die beiden Hünen keine Chance hatte. Bevor ich zu einer Frage ansetzen konnte, sprach Elias weiter. „Glaubst du etwa, ich lasse es zu, dass in unserem Clan noch mal ein Monster heranwächst, so wie damals? Hera und ich waren da schnell einer Meinung. Sie entstammt der Familienlinie, in der sich das Unglück abgespielt hat. Ich verstehe, dass sie in so einem Fall lieber Vorsicht walten lassen möchte, und unterstütze sie."

Hera steckte also dahinter. Sie will schon seit geraumer Zeit Anführerin des Nordclans werden und hat die faszinierendsten, aber auch kältesten Augen, die ich jemals bei einem Beagle, nein, überhaupt bei einem Hund, gesehen habe. Dass Elias von ihr verzückt war, ließ sich nicht übersehen. Auch ich musste mich regelrecht von ihrem Blick losreißen.

„Und was ist mit deiner Schwester? Kannst du nicht verstehen, dass sie ihre Kleine schützen will?", wandte ich mich an Elias. Der schnaubte nur. „Hier geht es um das Wohl der Allgemeinheit. Da kommt es weniger auf das Wohl eines Einzelnen an. Besser ein toter Hundewelpe als viele Beagle, die in Angst und Schrecken leben müssen."

„Woher willst du denn überhaupt wissen, dass Moon irgendeine Gefahr darstellt?"

„Ich will es gar nicht erst wissen", mischte sich Hera ein. „Mir reicht die Geschichte meiner Vorfahren und ich werde nicht zulassen, dass sie sich wiederholt. Und wie du siehst, bin ich nicht die Einzige, die dieser Meinung ist." Hinter Hera standen ungefähr dreißig Beagle aus dem Norden.

„Du hast noch nie Nachwuchs bekommen, was, Hera?" Ebba schoss wie eine Furie auf die Hündin aus dem Norden zu. „Sonst würdest du nicht so einfach einen unschuldigen Welpen zum Tode verurteilen. Denn nichts anderes machst du." Hera sah Ebba nur mitleidig an und überließ Elias das Antworten, der allem Anschein nach gern ihren Lakaien gab. „Wie gesagt, ein Drama wie damals soll sich nicht wiederholen, Schwesterchen. Und jetzt geh beiseite und gib uns Moon. Dann ist alles in Ordnung."

„Nichts ist in Ordnung! Ihr bekommt Moon nur über meine Leiche. Glaubst du ernsthaft, ich überlasse sie euch freiwillig, damit ihr weiß der Himmel was mit ihr veranstaltet?"

„Sei vernünftig, Ebba."

„Vergiss es", zischte nun Hera, „sie will es nicht anders." Die Hündin mit den kalten Augen schoss blitzschnell auf Ebba zu und packte sie an der Kehle, bevor ich nur die geringste Chance hatte zu reagieren. Malte stöhnte auf, als er das sah, konnte sich aber nicht von seinen Bodyguards losreißen. Elias reagierte nicht im Geringsten. Ebba hielt in der Sekunde, als Hera sie am Hals packte, völlig still. Das war das Vernünftigste, was sie in diesem Moment tun konnte. Denn hätte sie versucht, sich aus den Fängen ihrer Kontrahentin zu befreien, hätte sie sich nur selbst verletzt, Hera hätte sicher nicht lockergelassen. Ich überlegte fieberhaft, was Ebba im Augenblick am besten half. Wäre ich auf Hera losgegangen, um sie davon abzuhalten, noch stärker zuzubeißen, hätten mich ihre Schergen außer Gefecht gesetzt, wie sie es mit Malte bereits getan hatten. Ich hoffte inständig, dass auch Lena fürs Erste ruhig blieb, denn ich konnte erkennen, dass sie mit sich kämpfte, um nicht einzugreifen.

Langsam trat ich einen Schritt auf Hera zu, und sofort waberte die ganze Meute hinter mir her und ging in Angriffsposition. Ich machte eine beruhigende Geste und sprach leise zu der Bandenführerin: „Wir haben Moon bereits weggebracht. Sie ist nicht mehr im Schloss." Das war eine Mischung aus Wahrheit und Erfindung, ich wusste, dass Ebba die Kleinen versteckt hatte, aber nicht, wo sie untergebracht waren. Da Hera sich sicher war, Ebba genug verschreckt zu haben, ließ sie los und drehte sich zu mir. „Das kannst du sonst wem erzählen. Dein Ablenkungsmanöver funktioniert nicht. Wir hatten den ganzen Abend Wachen an jedem Zugang postiert, da wäre uns eine solche Aktion nicht entgangen." Sie betrachtete mich überheblich, schon fast mitleidig. Also hatte mich Elias von Beginn an belogen. Einige Mitglieder des Nordclans waren schon lange hier und hielten sich nur versteckt. Da sie aber die weiteste Anreise von allen hatten, musste Elias sie als Allererste informiert haben. Ein kurzer Blick in seine Augen bestätigte mir meine Vermutung. Ich wandte mich an ihn.

„Der ganze Abstimmungszinnober war also ein reines Ablenkungsmanöver? Oder warum hast du uns alle zusammengetrommelt?"

„Natürlich. Ich kenne doch die Clans. Erstens wollen sie immer überall mitreden. Das habe ich ihnen ermöglicht. Und zweitens sind die meisten viel zu weichherzig, das wusste ich von vornherein. Eine klare Linie gibt es doch schon lange nicht mehr. Das gilt im Übrigen auch für den Nordclan und dessen Anführerin Bryanna. Deshalb habe ich Hera die Information vorab zukommen lassen. Es wird Zeit, dass die Fellzeichnungen generell besser überwacht und dass Abweichungen aussortiert werden. Ganz zu schweigen von solchen Sonderlingen, wie wir gerade einen haben."

Ebba war erschüttert. „Sonderling also. So nennst du meine kleine Moon. Was hat die da aus dem Norden nur aus dir gemacht, Elias? Ich erkenne dich nicht wieder."

„Ich habe gar nichts mit ihm gemacht. Er hat lediglich die ganze Zeit unter seinen Möglichkeiten gelebt. In ihm steckt viel mehr. Etwas Besonderes, das keiner von euch bisher erkannt hat. Ich schon. Und jetzt Schluss mit dem Gequatsche. Wo ist das Vieh? Wir müssen sie wegbringen, bevor noch irgendetwas passiert oder jemand zu Schaden kommt."

„Die Einzige, die hier einen Schaden hat, bist du", mischte sich jetzt Lena ein. „Und wie Primelsocke schon gesagt hat: Sie ist nicht hier."

„Jetzt werd nicht frech! Mit welchem Recht mischst du dich hier überhaupt ein?"

„Mein lieber Elias, mit dem gleichen Recht wie du. Es ist nicht nur deine Familie, sondern auch meine", konterte Lena.

„Schluss! Ich habe euer Herumgeeiere satt und eure Familieninterna interessieren mich nicht. Reicht schon, dass wir unseren Plan ändern mussten, weil Malte seine neugierige Nase in Sachen steckt, die ihn nichts angehen, und obendrein seine Klappe nicht halten kann!" Als Hera losbrüllte, verstummte jegliches Gespräch und Gemurmel. Ihre Augen blitzten gefährlich. „Wenn das kleine Scheusal tatsächlich nicht mehr hier ist, wo ist es dann? Ich bekomme es sowieso, also sagt es mir besser gleich, sonst lasse ich eure ganze Bude umdrehen, und gnade euch Gott, wenn wir sie nicht innerhalb der nächsten halben Stunde hier haben", fügte sie mit schneidender Stimme hinzu.

„Ich weiß, wo sie ist, ich bring euch hin."

Ich drehte mich verwundert um. Was hatte Malte vor? Hatte er vorhin begriffen, dass ich nur Zeit schinden wollte? Oder stellte er sich jetzt gegen seine eigene Tochter? Bevor Hera sich zu ihm umdrehen konnte, warf er mir einen flüchtigen Blick zu und nickte fast unmerklich. Also gut, er hatte anscheinend einen Plan. Dumm nur, dass ich nicht wusste, wie dieser aussehen sollte.

„Sieh einer an. Gerade *du* willst uns helfen? Wie kommt's, schließlich ist es einer deiner Nach-kommen?" Hera schritt durch ihr Gefolge, das sich ehrfürchtig vor ihr nach rechts und links aufteilte.

„Du hast recht, Hera. Wir sollten das Wohl eines Einzelnen nicht über das von vielen stellen. Deshalb werde ich euch zeigen, wo sie ist."

Ebba brach bei Maltes Worten zusammen und winselte jämmerlich. Während Hera und Elias nur mitleidig auf sie herabschauten, waren Lena und ich sofort zur Stelle, um sie aufzufangen und zu trösten. Hera wandte sich sogleich wieder ab und antwortete Malte: „So, das ist dir also klar geworden. Warum glaube ich dir nicht? Aber egal, du hast es in der Hand. Führe uns zu ihr, und du kommst frei. Führst du uns nur an der Nase herum, geschieht dir das Glei-che wie ihr, denn finden werden wir sie sowieso. Los jetzt, gehen wir." Mit zackigen Kopfbewegungen bedeutete sie den beiden, die Malte in Gewahrsam hatten, mit ihm voranzugehen, und dem Rest der Schar, ihr zu folgen.

„Und was ist mit den dreien hier?", fragte Elias.

„Die haben erst mal genug mit sich selbst zu tun, aber die Jammergestalten lasse ich gleich von ein paar meiner Leute einsperren. Die anderen suchen nach dem Balg. Wenn sie es finden, bevor Malte uns hingeführt hat, buddeln wir ihn ein und die Missgeburt wie geplant gleich dazu." Sie verschwanden aus dem Raum und ließen Ebba, Lena und mich geschockt zurück.

„Sie wollen sie eingraben?" Ebbas Stimme war so dünn, dass wir sie kaum verstanden.

„Das werden wir nicht zulassen, hörst du. Hast du eine Idee, wohin Malte Hera und ihre Leute führen wird?"

„Ich denke schon", sagte Ebba gedehnt, wollte aber nicht so recht herausrücken mit der Sprache. Erst nachdem ich ihr ins Gewissen geredet hatte, dass uns sicher nicht viel Zeit blieb, erklärte sie es mir. „Ich habe ihm von deinem, von unserem geheimen Platz erzählt. Dort, wo die Sternennächte am schönsten sind, wo du früher immer geschlafen hast und später auch ich. Und auch von dem geheimen Gang, den wir niemandem preisgegeben haben, weil wir dort als Halbstarke unsere Habseligkeiten aufbewahrten. Pelle, es tut mir leid, aber ich wollte, dass er weiß, welch wichtige Rolle du in meinem Leben gespielt hast. Und immer noch spielst. Und dazu gehört auch unser Versteck."

Es verletzte mich, dass unser Geheimnis keines mehr war. Ich wusste aber gleichzeitig, dass wir uns sputen mussten. Sicher würde Malte sie auf dem Weg durch das Schlossinnere dorthin führen. Wenn wir durch das Gewölbe gingen, konnten wir um ein Vielfaches schneller dort sein. Und diesen Abstand würden wir bitter benötigen. Es war höchste Zeit, die Aufgaben zu verteilen.

„Ebba, du gehst zum Westclan. Nimm alle mit, die du auftreiben kannst. Ich versuche das Gleiche mit dem Ostclan und trommle ein paar von unseren Leuten zusammen. Wir treffen uns am alten Ritter. Wo sind deine Kleinen?"

„In der Nische kurz vor dem Eingang zum Geheimgang. Ich habe die Bodenvase etwas davorgeschoben, damit sie, sollten sie aufwachen, nicht gleich auf Entdeckungstour gehen." Also hatte ich vor Kurzem direkt am Versteck gestanden.

„Gut", sagte ich. „Lena, dann geh du bitte zu Ebbas Welpen und warte dort auf uns. Ich schätze, die Nische bietet genügend Platz, dass du gerade noch mit hineinpasst, richtig, Ebba?"

„Das stimmt."

„Wir kommen, so schnell wir können, und helfen euch, von hier wegzukommen."

„In Ordnung. Passt auf euch auf. Was hast du vor?", fragte Lena, und auch Ebba sah mich erwartungsvoll an.

„Improvisieren", sagte ich wahrheitsgemäß. Denn einen Plan konnte ich das, was ich hatte, nicht nennen. Die Enttäuschung in ihren Augen war klar zu erkennen. Ich verabschiedete mich schnell von Lena und bedeutete Ebba, sich auf den Weg zu machen und wie verabredet Hilfe zu holen. Das erste Stück legten Ebba und ich gemeinsam zurück. Schweigend. Für den Moment mussten alle Fragen und unausgesprochenen Dinge zwischen uns ruhen. Auch als wir uns in die verschiedenen Flügel des Schlosses aufmachten, nickten wir uns nur kurz zu. Jeder wusste, was zu tun war.

Beim Ostclan angekommen drückte ich mich durch die Tür in den Gemeinschaftsraum, hier herrschte schon reges Treiben. Wie ich erfuhr, hatte Malte noch die Gelegenheit genutzt, drei Nachtschwärmer aus dem Westclan über die mutmaßlich bevorstehende Aktion zu informieren, bevor er von Heras Mannschaft aufgespürt wurde. Die drei waren so geistesgegenwärtig gewesen und hatten sich ihrerseits aufgeteilt, um die Clans gleichzeitig davon in Kenntnis zu setzen. Da Ebba den Flügel des Westclans auf kürzestem Weg erreicht hatte, kam sie bereits mit einer ganzen Truppe zur Tür herein. Bei ihr waren auch einige unserer eigenen Leute. Bevor ich überhaupt etwas sagen konnte, stellte sie fest: „Ja, ich weiß, ich hätte zum Treffpunkt kommen sollen, aber da sind mir schon alle entgegengekommen. Deshalb dachte ich, wir stoßen gleich hier zu euch, denn es ist besser, sich in einer großen Gemeinschaft durchs Schloss zu bewegen, und ich ahnte, dass ihr noch hier seid." Nun, sie hatte schon immer ihren eigenen Kopf, und ich konnte ihr nicht böse sein. Schon gar nicht in dieser Situation. Ich rief alle zum Aufbruch auf. Auch wenn wir aus drei Clans zusammengewürfelt waren, verfügte Hera vermutlich über eine größere Truppe. Aber darüber wollte ich jetzt erst einmal nicht nachdenken. Ich hoffte nur, dass keiner ihrer ausgesandten Wächter uns begegnete und Alarm schlagen konnte.

Als wäre ich erst gestern das letzte Mal hier gewesen, fand ich den Zugang zu dem Geheimgang, der jetzt definitiv nicht mehr geheim genannt werden konnte, da mittlerweile die Mitglieder aller Clans von ihm wussten. Am Eingang teilten wir uns in zwei Lager, um den Gang von zwei Seiten aus anzulaufen. Unsere Hälfte schaute zuvor noch kurz bei Lena und den Welpen vorbei, und wir stellten zwei der kräftigsten Rüden als versteckte Wachposten ab. Wie Ebba mir auf dem kurzen Fußmarsch bestätigte, hatte sie Malte nicht nur von unserem Gang erzählt, sondern auch erwähnt, was sich dort noch verbarg. Das gab uns eine Chance. Eine kleine, aber immerhin.

Auch im Geheimgang selbst bewegte ich mich sicher und wusste, welche Abzweigungen ich nehmen musste, um zum gewünschten Zielort zu gelangen. Alle hinter mir bewegten sich fast lautlos, deshalb hallte es in unseren Ohren, als wir Hera ganz in der Nähe kreischen hörten.

„Habt ihr ernsthaft geglaubt, ihr könnt uns mit so einem billigen Trick hinters Licht führen? Für wie dumm haltet ihr uns eigentlich? Besser gesagt – wie dumm seid ihr selbst, zu glauben, dass das funktioniert? Los, führt sie alle in den Kerker dort und sperrt sie weg. Und als Nächstes werden wir dich eingraben. Am besten gleich hier."

Ich ging zwei Schritte nach vorn, linste um die Ecke, und meine schlimmsten Befürchtungen bestätigten sich. Der Teil der von uns zusammengetrommelten Meute, der mit Ebba unterwegs war, wurde gerade weggesperrt, wie von Hera angeordnet. Ich versuchte, zu erkennen, ob sie alle aus der Gruppe in ihrer Gewalt hatte, und kam zu dem Schluss, dass das leider der Fall war. Aber sosehr ich mich auch anstrengte, Ebba konnte ich nirgends ausmachen. Ihre letzten Worte hatte Hera an Malte gerichtet, der sie feindselig ansah. Ganz nahe trat sie an ihn heran und sagte leise zu ihm: „Und deinen Bastard vergraben wir dann genau neben dir."

Das war zu viel für ihn. Er knurrte und bellte, was das Zeug hielt, und wollte auf Hera losgehen. Aber seine Hinterbeine waren mittlerweile an zwei mit Eisenketten in die Wand eingelassenen Halterungen befestigt, sodass er sich nur ein paar Zentimeter vorwärtsbewegen konnte und Hera nicht erreichte. Die lachte hämisch auf und wies Elias und zwei andere an, ein Loch zu graben.

Gerade als Hera dem Rest ihrer Bande befahl, ebenfalls das Schloss nach dem Verbleib von Moon abzusuchen, sah ich Ebba im Halbdunkel auf der anderen Seite. Mein Herz schlug schneller. Warum ging sie alleine auf Hera zu, und was zum Teufel hatte sie vor?

„Du wirst meine Kleine nirgendwo eingraben, du Untier." Hera blieb gelassen, als Ebba hinter ihr erschien. Ganz so, als hätte sie geahnt, dass sie auftauchen würde. „Warum überrascht mich dein Erscheinen nicht?", sagte sie. „Trotzdem frage ich mich, wie du auf die Idee kommst, hier allein etwas ausrichten zu können."

„Ebba, sei vernünftig …", mischte sich nun Elias ein.

„Geh und grab weiter", unterbrach Hera ihn barsch, und ich staunte über seinen Gehorsam, denn er tat genau das ohne weiteres Zögern.

„Wir müssen eingreifen", zischte eine Stimme hinter mir. Ich drehte mich um und sah Lena.

„Was tust du hier? Du solltest doch bei den Kleinen bleiben!"

„Ebba kam noch mal und hat zusammen mit mir und den beiden Wachposten die Welpen zurück ins Welpenzimmer gebracht. Ebba meinte, da seien sie am sichersten vor Hera, die dort wohl zuletzt nachsehen lässt."

Ebba, die Eigenwillige, dachte ich bei mir. „Weißt du, was sie vorhat?"

„Ich soll dir ausrichten, dass sie versucht, Hera und ihre Schergen so weit nach vorne zu locken, dass sie das Fallgitter hinter ihnen auslösen kann. Du und deine Leute sollen das Gleiche von dieser Seite aus tun und das Fallgitter ebenfalls schließen, sodass die ganze Truppe in der Falle sitzt. Wie es momentan aussieht, wird das eine schwierige Aufgabe. Sie sind ja sehr weit auf unserer Seite." Ich ließ mir Lenas Worte durch den Kopf gehen. Sicher, sie waren uns kräftemäßig überlegen, aber diese kleine Chance, die wir hatten, mussten wir nutzen. „Das stimmt", antwortete ich, „aber wir müssen es versuchen."

„Was wollt ihr versuchen?" Eine heisere Stimme, die den Blutfluss in meinen Adern fast zum Erliegen brachte, raunte mir ins Ohr.

„Versuchen, uns aufzuhalten? Dass ich nicht lache." Langsam drehte ich mich um. Obwohl ich nicht ängstlich bin, zweifelte ich gerade daran, ob ich den Körper zu dieser Stimme überhaupt sehen wollte. Und wie erwartet stand ein riesiger Furcht einflößender Beagle vor mir. Entgegen meiner Hoffnung verriet mein Gesichtsausdruck anscheinend, dass ich etwas fassungslos war, denn mein Gegenüber grinste höhnisch. Als ich an ihm vorbeiblickte, sah ich, dass Lena wie auch die anderen in der Gewalt weiterer vier hünenartiger Vierbeiner waren. Richtig übel wurde mir allerdings, als ich feststellte, dass keiner dieser fünf Beagle eine Primel als Fellzeichnung hatte. Das war auch der Grund, warum keiner unserer gut zwanzigköpfigen Truppe aufbegehrte, denn bei diesen Zeitgenossen war es völlig unvorhersehbar, wie sie reagieren würden. Wir waren alle starr vor Angst, mich eingeschlossen.

„Ah, da sind ja meine Lieblingshelfer." Hera hatte ihre Unterstützer ebenfalls bemerkt und kam ein paar Schritte näher. „Sperrt sie zu den anderen in den Kerker da drüben. Und wenn sie nicht alle reinpassen, dann helft einfach etwas nach."

„Niemand wird mehr in irgendeinen Kerker gesteckt." Das war Ebba. „Dass deine Primel nur auf dein Fell aufgezeichnet ist, Hera, habe ich schon lange erkannt. Mich kannst du nicht täuschen. Du willst

Moon nur aus dem Grund, weil du weißt, dass sie bedeutend mächtiger werden wird, als du oder einer deinesgleichen jemals sein wird. Ich weiß, dass ihr euch im Norden viel stärker mit unseren Mythen und Sagen befasst als wir, deshalb wusstest du sofort Bescheid, als Elias euch informierte. Aber auch ich habe in der letzten Zeit viel über Weissagungen gelernt. Eine davon war, auch wenn ihr versucht habt, sie geheim zu halten, dass ein Welpe mit einer Fellzeichnung wie bei meiner Moon geboren wird. Und mit diesem Welpen beginnt eine Gegenbewegung zu euch."

„Und genau das wird nicht geschehen", lärmte nun Hera wieder los. „Ihr packt jetzt das Gesindel in den Kerker. Und nehmt den gleich mit", befahl sie und zeigte auf den verdutzten Elias. „Aber Liebes ...", sagte er. Weiter kam er nicht.

„Sag mal, glaubtest du ernsthaft, dass ich etwas für einen schwächlichen Rüden aus dem Südclan empfinden könnte? Du warst nur Mittel zum Zweck." Damit war für sie das Kapitel Elias abgeschlossen. „Nicht so schnell, Hera." Vor Ebba, die noch ein paar Schritte näher gekommen war, tappte ein winziges Bündel. Moon. So klein sie war, so gewinnend war bereits jetzt ihre Ausstrahlung, und alle, Hera und ihre Nordmeute eingeschlossen, starrten auf die zierliche Hündin. Keiner konnte den Blick von ihr abwenden. Moon setzte sich in Kontaktnähe zu ihrer Mutter hin, sah sich um und blickte Ebba kurz an, die ihr aufmunternd zunickte.

In diesem Augenblick begann Moon zu heulen. Nein, besser gesagt, sie fing an zu singen. Ich hatte noch nie einen Hund so schön heulen hören wie dieses gerade mal elf Tage alte Hundemädchen. Als ich mich umblickte, sah ich, dass auch Lena, Ebba, Elias und die meisten anderen dahinschmolzen ob des Gesangs. Aber offenbar empfanden das nicht alle so. Fast sämtliche Hunde aus dem Nordclan hatten sich auf den Boden geworfen, wälzten sich und versuchten verzweifelt, sich mit ihren Pfoten die Ohren zuzuhalten. Ihre Gesichter waren schmerzverzerrt. Für sie war der Gesang anscheinend ein fürchterlich quälendes Geräusch.

Als ich das begriff, begann ich, unverzüglich zu handeln, und Lena tat es mir nach. Zuerst befreiten wir Malte von seinen Ketten und ließen unsere Meute aus dem Verlies frei. Danach betätigten wir den Hebelmechanismus, der an der Außenwand des Kerkers angebracht war, sodass keiner der Gefangenen hinkommen konnte. Als Nächstes schubsten wir die Nordclan-Angehörigen und alle, die nicht nur Moons, sondern auch Maltes Leben auf so grausame Weise beenden wollten, in den Kerker. Zugegeben, wir waren nicht nett, aber schließlich hatten wir es mit übelsten Gestalten zu tun. Nachdem in der Zwischenzeit noch einige Kämpfer aus dem Norden hier unten angekommen waren, befanden sich vermutlich nicht mehr viele von ihnen im Schloss. Oder sie hatten bei Moons Gesang bereits die Flucht ergriffen. Sicherheitshalber sandten wir einen kleinen Suchtrupp aus, der das Schloss durchkämmte. Malte war ihr Anführer. Elias, der das Geschehen mit großen Augen beobachtete, wurde von einem des Westclans gepackt. „Den sollten wir auch mit in den Kerker werfen. Schließlich hat er ein ordentliches Maß dazu beigetragen, dass Hera hier einfallen konnte!"

„Nein", sagte Ebba ruhig. „Nimm es mir nicht übel, aber kein Mitglied aus dem Westclan kann über ein Mitglied aus dem Südclan bestimmen. Außerdem ist er noch immer mein Bruder. Er kommt für heute Nacht in den Ketzerturm. In den werden sonst die Halbstarken gesteckt, wenn sie etwas Schlimmes angestellt haben. Danach entscheidet der Clan, ob und wenn ja wie er bestraft werden soll."

Moons Gesang indessen lockte auch sämtliche anderen Vierbeiner in den Geheimgang, und sie blieben ehrfürchtig vor der Kleinen stehen. Die war offensichtlich in ihrem Element und weder ängstlich, noch hörte sie auf zu heulen. Auch die anderen Welpen waren inzwischen hier, Lena hatte sie mit zwei weiteren Hündinnen hergebracht. Erst als sie ihre

Geschwister sah, wurde aus der eben noch hochherrschaftlich und überlegen wirkenden Moon wieder ein ganz normaler Welpe, und sie tobte und tollte mit ihren Schwestern und Brüdern herum.

Der Tag brach an, und die Aufregung und Anspannung der vergangenen Stunden wich einer ausgelassenen Fröhlichkeit. Der große Saal, in dem wir uns alle trafen, platzte fast aus den Nähten. Malte konnte tatsächlich noch zwei Hunde aus dem Nordclan dingfest machen und steckte sie zu den anderen in das Verlies. So, wie gestern diskutiert worden war, ob Moon überhaupt weiterleben dürfe, wurde heute lauthals beratschlagt, was mit Hera und ihrem Gefolge geschehen sollte. Wie es aussah, würde so schnell darüber keine Entscheidung fallen, da die Meinungen zu stark auseinandergingen. Nur in einem war man sich einig: Ungeschoren sollten sie nicht davonkommen. Einige forderten sogar, Hera und alle anderen Beagle aus ihrer Gruppe, derer wir habhaft werden konnten und die im Übrigen samt und sonders ohne Fellzeichnung in Form einer Primel waren, in ihrem Kerker verhungern zu lassen und somit auszurotten. Zum Glück sprachen sich die meisten dagegen aus. Wie genau die Strafe auszusehen hatte, darüber sollten die anderen Mitglieder des Nordclans mit deren rechtmäßigen Anführerin Bryanna selbst entscheiden.

Das wurde gerade verhandelt, als ich mich zum Gehen wandte. Ich wollte mich um Ebba kümmern. Nachdem sie ihren Nachwuchs zum Schlafen gebracht und Lena sie in ihrer Wache abgelöst hatte, ging ich zu Ebba und legte ihr meine Pfote unters Kinn. „Wie geht es dir? Und wie geht es den Kleinen, ist alles in Ordnung?" Sie lächelte leicht. „Ja, sie schlafen. War doch eine sehr aufregende Nacht für uns alle im Schloss."

„Und wie geht es dir?", wiederholte ich meine erste Frage. Ebba rollte sich auf ihrem Kissen im Kaminzimmer zusammen und bedeutete mir, es ihr gleichzutun. „Mir geht es gut, wenn ich an meine Kleinen denke und daran, dass alle bei mir bleiben werden. Zumindest noch für einige Zeit. Mir geht es gut, wenn ich an Moon denke, und ich hoffe, noch so viel wie möglich von ihr und ihrem künftigen Tun mitzubekommen. Aber es geht mir schlecht, wenn ich daran denke, dass Elias sich von Hera so um die Pfote wickeln hat lassen, dass er mir Moon, ein Mitglied seiner eigenen Familie, einfach wegnehmen wollte."

„Wie hatte Malte eigentlich davon erfahren? Ohne ihn hätten wir nicht gewusst, dass ein paar vom Nordclan hierher unterwegs sind, geschweige denn, was sie vorhatten." Nun lächelte Ebba erneut. „Malte ist ein ähnlicher Herumtreiber wie du und kennt ebenfalls Gott und die Welt. Er hatte davon Wind bekommen, als sie auf dem Weg hierher Rast machten und ein paar Bekannte aus dem Nordclan trafen. Die erzählten, dass das Gerücht umginge, dass Hera mit einer Delegation auf dem Weg zu uns sei. Sie wussten aber weder, ob das der Wahrheit entsprach noch den Grund dieser Reise, da sie in einer anderen Sache unterwegs waren. Als Malte und der Westclan dann auf dem Schloss ankamen und Elias ihm direkt verkündete, die aus dem Norden wären nicht bereit, sich der Abstimmung anzuschließen, hegte er bereits Zweifel an Elias Aussage. Malte misstraute ihm."

„Interessant, so ging es mir mit Malte bei unserer ersten Begegnung."

„Tatsächlich? Malte hatte für dich immer nur positive Worte übrig", sagte sie und zog ihre Nase kraus. Eine Angewohnheit, die ich sehr an ihr mochte. „Wie dem auch sei", fuhr sie fort, „Elias hatte sich in der letzten Zeit tatsächlich verändert, und Malte ließ nicht locker. Er beschattete Elias regelrecht und konnte gleich nach der Ankunft ein heimliches Gespräch zwischen Elias und Hera mit anhören. Sie versprach ihm ihre ewige Liebe und ein wunderbares Leben im Nordclan. Und der ließ sich einlullen und gestand, er fühle sich hier sowieso schon lange nicht mehr wohl. Und dann zählte Malte eins und eins zusammen."

„Ich bin erschüttert über Elias' Verhalten. Um ehrlich zu sein, mir fehlen die Worte."

„Mir auch, lass uns da heute nicht mehr drüber reden."

„Eines musst du mir aber noch erklären", setzte ich nach. „Woher wusstest du, dass Moon außergewöhnliche Fähigkeiten hat und dass sie die zum Guten einsetzen wird? Es hätte doch genauso wieder nach hinten losgehen können, egal wie viel du über Weissagungen wusstest."

Ebba schaute mich mit ihren großen Augen an. „Im Gegensatz zu den anderen Welpen hatte Moon schon mit fünf Tagen ihre Augen und Ohren geöffnet. Ich hielt das aber geheim. Nur Lena wusste davon, da sie meine Hauptamme war. Und bereits als Moon mich das erste Mal ansah, konnte ich in ihren Augen erkennen, dass sie das reinste, aber auch einflussreichste Geschöpf ist, das ich bisher gesehen habe. Als wir uns so von Mutter zu Tochter in die Augen sahen, nahm sie ihre winzige Pfote und legte sie sanft an meine Nase. Da wusste ich, dass sie uns nur Gutes bringen würde."

Ich nickte besonnen. Meine eigenwillige und kluge Ebba. Wir kuschelten uns aneinander und schliefen alsbald ein.

Gerade mal eine Stunde später erwachte ich, da wuselten Ebbas sieben Welpen bereits wieder um uns herum. Lena stand daneben und grinste.

„Na? Das war eine aufregende Nacht gestern, was?", sagte sie an mich gerichtet. Ebba, die anscheinend längst aufgestanden war, stupste mich kurz an und wandte sich gleich wieder ihrer Rasselbande zu.

„Das kann man wohl sagen", antwortete ich auf Lenas Bemerkung hin und begann, mich ausgiebig zu strecken und zu dehnen. Dabei stellte ich fest, dass meine nicht mehr ganz jungen Knochen weniger stark knackten als üblich. Auch wenn ich gern im Freien schlafe, die kleine Siesta im Kaminzimmer war doch recht komfortabel gewesen.

„Habe ich etwas versäumt?"

„Nein", antwortete Ebba, „das ganze Schloss war kurz in eine Art Dornröschenschlaf versunken. Jetzt aber sollten wir uns zusammensetzen und besprechen, wie es weitergeht. Du als einer der Wortführer unseres Clans darfst dabei nicht fehlen."

„Und da Elias im Ketzerturm sitzt", kam Lena meiner Frage nach dem zweiten Wortführer zuvor, „übernimmt Ebba sein Amt. Ist das nicht toll?"

Ebba winkte ab. „Die Meuten versammeln sich momentan im großen Saal. Lena, übernimmst du bitte die Kleinen wieder? Aber komm ruhig mit ihnen zu dem Treffen dazu."

Mit den Details der nachfolgenden Versammlung möchte ich euch jetzt nicht langweilen. Nur so viel: Die bei uns eingekerkerten Mitglieder des Nordclans sollten von ihren eigenen Leuten abgeholt werden. Viele des Nordclans, allen voran deren Anführerin Bryanna, teilten offenbar nicht Heras Meinung zum Umgang mit Welpen, die eine ungewöhnliche Fellzeichnung haben. Die Anführerin hatte sich mit einigen anderen sofort auf den Weg zu uns gemacht, als sie bemerkten, dass Hera und ein paar hartgesottene Mitglieder der Meute fehlten. Sie ahnten bereits, was dahintersteckte, denn mittlerweile hatte die Nachricht über die Geburt eines besonderen Welpen auch den Rest des Nordclans erreicht.

Was Hera und ihren Gleichgesinnten im hohen Norden blüht, wissen wir selbst nicht genau. Aber wir sind uns sicher, dass keiner einer gerechten Strafe entkommen wird.

Elias durfte zwar den Ketzerturm verlassen, muss aber für mindestens zwei Jahre in Einzelhaft – in den Kerker – was nach der kompletten Ausgrenzung eines Familienmitglieds die nächsthärtere Strafe für ein Mitglied des Südclans ist. Meines Wissens wurde sie noch nie zuvor verhängt.

Während der kurzen Verhandlung flehte er Ebba um Nachsicht an, aber sie war viel zu verletzt, um darauf einzugehen. Und es ist wohl nicht schwer zu erraten, dass ich mich ihrer Meinung anschloss. Allerdings haben wir beide vereinbart, nach der Hälfte der Haftzeit erneut mit allen Mitgliedern unseres Südclans darüber zu beraten, ob die Strafe etwas verringert werden könnte. Wir werden sehen.

Was Ebba und mich angeht – nun, nachdem ich neuerdings leider nicht mehr nur unbeschwerte Erinnerungen mit dem Schloss verbinde, werde ich vorerst wieder zu meinem Wohnsitz in der Waldeinsamkeit zurückkehren. Sobald Ebbas Wurf selbstständig genug ist, um eine Weile in der Obhut ihrer Verwandten zu bleiben, will sie mich in meinem Domizil besuchen. Und sogar für ein paar Tage bei mir bleiben. So ist es besprochen.

Auch wenn ich im Grunde ein überzeugter Einsiedler bin und Übernachtungsgäste nicht mag – bei Ebba mache ich eine Ausnahme. Sie ist schließlich auch die einzige, die mich Pelle nennen darf.

Flirtcrasher

Sie trafen sich zweimal jährlich – immer zur gleichen Zeit und am gleichen Ort. Einmal zu Saisonbeginn und einmal zu Saisonende. Besser gesagt ihre Herrchen und Frauchen trafen sich. Denn neben dem Hobby „Verreisen mit dem Wohnmobil" hatten alle eines gemeinsam: ihre Hunde. In alphabetischer Reihenfolge verbargen sich dahinter die zwölfjährige Mischlingshündin Abby und ihr Kumpel und Mitbewohner Billy, ein vierjähriger Rhodesian Ridgeback, sowie Lotta, das ebenfalls vier Jahre alte Münsterländer-Mädchen, und der acht Jahre alte Basset Paul.

Nicht nur für ihre Besitzer waren die halbjährlichen Treffen auf dem Campingplatz am See unbezahlbar. Auch die Hunde hatten dabei ihren Spaß, denn es gab jedes Mal viel zu erzählen. Während die Zweibeiner nach der Ankunft mit den üblichen Aufbauarbeiten beschäftigt waren, hatten die Vierbeiner erst einmal damit zu tun, geschäftig die ihnen bekannte Umgebung zu erkunden, denn es gab immer reichlich News, die erschnüffelt und selbstverständlich auch kommentiert werden wollten.

Am Abend gingen sie zum behaglichen Teil über und saßen alle gemütlich beieinander. Die Zweibeiner fläzten in ihren Liegestühlen, tranken Wein und quatschten, während sich ihre Hunde auf die extra ausgebreiteten Decken und Kissen wie auf einer großen Liegewiese ausstreckten und sich die Zoten der letzten Wochen und Monate erzählten. Der wichtigste Programmpunkt für die Vierbeiner war dabei immer die Abstimmung darüber, wer die letzte Wette gewonnen hatte. Denn die Hunderunde zockte gerne. Wie jedes Mal hatten sie sich auch bei ihrem letzten Aufeinandertreffen eine Aufgabe gestellt, die jeder von ihnen erfüllen musste. Dabei ging es den Vierbeinern in erster Linie um den Spaß, den sie währenddessen und beim Erzählen des Erlebten hatten. Aber natürlich auch um den Wetteinsatz in Form eines üppigen Leckerlis für den Gewinner, den jeder in der Runde zu begleichen hatte, sobald der Beste von ihnen ausgewählt war.

Beim letzten Treffen hatten sie sich angeregt über das Thema „Hunde als Flirtfaktor" unterhalten. Vor allem Abby ereiferte sich darüber. Sie erzählte, dass sie vor Kurzem eine ganz wunderbare Hündin kennengelernt hatte, die von ihrem Herrchen nur deshalb angeschafft worden war, um seine Wirkung auf Frauen zu erhöhen. Damit hatte er sogar zunächst Erfolg und er fand eine Freundin. Aber die Beziehung hielt nicht lange, denn die Eroberung ihres Herrchens fand schnell heraus, dass der Neue an ihrer Seite in Wirklichkeit wenig Ahnung von Hunden hatte und sich im Umkehrschluss aber auch nicht unbedingt um eine Aufbesserung seines Wissens in dieser Hinsicht kümmern wollte. Zum Glück für die Hündin, denn kurzerhand trennte sich die Freundin von dem falschen Fünfziger und nahm die Hündin zu sich. Ohne große Gegenwehr ihres Ex. Diese Geschichte stimmte die anderen Vierbeiner nachdenklich, weshalb sie alle beschlossen, sich nicht als Flirtfaktor, sondern als Flirtcrasher zu versuchen. Da zwei von ihren drei Besitzern Single waren, wussten sie durchaus, dass sie ihnen vielleicht mit der Umsetzung ihres Plans keinen Gefallen taten, aber nichtsdestotrotz wollten sie sich den Spaß gönnen, denn die Vierbeiner waren mit ihren momentanen Lebensumständen durchaus glücklich und nicht erpicht auf eine Veränderung.

Heute war es also so weit. Die Flirtcrasher-Geschichten sollten erzählt werden und in den Gesichtern der Hunde spiegelte sich die Vorfreude auf die gemeinsamen abendlichen Runden wider, denn anscheinend hatte jeder seine Aufgabe erfolgreich abgeschlossen.

Abby, in jüngeren Jahren die Rädelsführerin für jeglichen Unsinn und Erfinderin der Wettrunden, war mittlerweile die oberste Schiedsrichterin. Als Älteste in der Runde wollte sie nicht mehr aktiv ins Geschehen eingreifen und überließ das nur zu gerne ihrem Mitbewohner Billy.

Wie immer durfte derjenige mit dem Erzählen anfangen, der am schnellsten eine Zecke aus seinem Fell gefischt hatte. Wie so oft war das Billy. Bei dem kurzen Fell eines Rhodesian Ridgeback überraschte das wenig.

Abgesehen davon war es nur gut, dass er zuerst drankam, denn er war mit Abstand der Ungeduldigste in der Runde. Er begann sofort zu erzählen.

„Abby hat mir auch in diesem Jahr wieder den Vortritt gelassen und ich muss sagen, die Situation, in der wir die Flirtcrasher gespielt haben, war auch eher etwas für einen Rüpel wie mich."

„Genau, du Unhold", fiel ihm Abby, die oft und gerne das Wort „genau" benutzte, mit gespielter Entrüstung ins Wort.

„Meist ergeben sich solche Situationen aus heiterem Himmel. Bei uns war das etwas anders, als wir an diesem Sonntagmorgen mit Frauchen in unserem Lieblingswaldstück spazieren gingen. Denn da unser Langschläfer-Frauchen uns in aller Frühe aus den Bettchen scheuchte, war uns eines klar: Sie hoffte, dem einen Typen zu begegnen, der ehrlich gesagt immer so aussieht, als hätte er noch nie in seinem Leben geschlafen. Oder als hätte er die ganze Nacht durchgefeiert."

„Genau, der wackelt mit seinen zwei Vierbeinern immer durch die Prärie, wie frisch einem Zombiefilm entstiegen", warf Abby ein.

„Stimmt. Wir fuhren also an diesem wunderbar klaren Morgen in den Wald. Die Luft war herrlich, wie immer nach einem Sommergewitter mit heftigem Regen, und wir hatten unseren Spaß, obwohl ich mal wieder eine Sonderübungseinheit mit der Langlaufleine aufgebrummt bekommen habe. Da am Sonntagmorgen meistens nicht so viel los ist, witterten wir beide schon lange, dass uns ein Mensch-Hund-Gespann entgegenkommt. Und nach intensivem Inder-Luft-Schnuppern wussten wir auch, dass es eben dieser Typ mit seinem kläffenden Chihuahua-Doppelpack ist. Ein kurzer Blick zwischen Abby und mir reichte und wir ahnten, dass ich diese Gelegenheit nutzen könnte, um den Flirtcrasher zu geben. Nachdem wir den schmierigen Kraftprotz mit seinen Fellfegern schon ein paarmal getroffen hatten und Frauchen total nervös wurde und sich ihr Geruch in Windeseile veränderte, sobald der auftauchte, schlossen wir daraus, dass sie ihn toll findet. Auch, wenn wir uns beim besten Willen nicht erklären konnten, warum. Der Kerl schaut eigentlich nur lüstern und leckt sich immer über die Lippen, wenn er sie sieht. Es kommt kein Hauch von ehrlicher Zuneigung rüber. Egal, jedenfalls kam er an diesem Morgen äußerst zügig auf uns zu. Und wir beide grinsten in uns hinein, als wir sahen, dass er mit den beiden kleinen Hunden durch den Wald joggte. Na ja, mehr schlecht als recht, aber immerhin. Ob das Ganze der eigenen Fitness diente oder um seine Dauerkläffer stärker auszulasten, wer weiß."

„Nun komm mal zum Wesentlichen, Billy", unterbrach ihn Lotta und rollte mit den Augen.

„Bin doch schon dabei! Als unser Frauchen das Dreiergespann sah, entschloss sie sich kurzerhand, dass wir beide, ganz die braven Hundchen, uns auf der Seite neben dem Waldweg ablegen und liegend warten sollten, bis die drei vorbeigeschnauft sind. Und genau das war der Moment, wo wir *wussten*, dass jetzt unser respektive mein Flirtcrasher-Einsatz kommt." Er machte eine bedeutungsvolle Pause.

„Ihr wisst ja, was unser Frauchen beruflich macht – sie ist Hundetrainerin", setzte er hinzu und legte seine Pfote quer über die Nase, um sein Grinsen etwas zu verdecken.

„Genau, und der Typ wusste das auch, denn sie hatte ihn ja schon mal angequatscht und ihm ein Training bei sich empfohlen", warf Abby ein und nickte Billy zu, fortzufahren.

„Wir liegen da also so rum, Frauchen fing wieder an, nervös zu werden und komisch zu riechen, und der Typ kam mit seinen zwei Sirenen immer näher getrabt. Frauchen raunte uns zu, wir sollten bloß liegen bleiben, um sie nicht zu blamieren. Aber als das Dreigestirn fast auf gleicher Höhe mit uns war, fingen die Minis prompt wieder an, Krawall zu schlagen und sich derart aufzuführen, dass sogar sämtliche Vögel, die bis dahin fröhlich gezwitschert hatten, damit aufhörten und davonstoben. Genau da kam mein Auftritt. Moment, ich brauch mal einen Schluck Wasser." Billy unterbrach sich und sprang genüsslich hoch, in dem Wissen, seine Zuhörer, vor allem Lotta, damit tierisch zu nerven. Aber was sollte er machen, er liebte es, wenn ihm die volle Aufmerksamkeit gehörte, und er kostete es voll aus.

„Typisch. Komm, Herr Wichtig, referiere zu Ende. Ich hab auch noch was zu erzählen", blaffte Lotta ihn daraufhin erwartungsgemäß an. Die beiden älteren Hunde sahen sich nur wissend an, schmunzelten und ließen die beiden jungen sich kabbeln. Als er gefühlt mindestens einen Liter Wasser geschlabbert hatte, schlenderte Billy gemächlich zurück und setzte sich. „Ich schnellte also hoch", stieg er nahtlos wieder in die Geschichte ein, „und schlich in bester Löwen-aufspür-Manier langsam und geduckt auf das kläffende Gespann und sein massiges Herrchen zu. Frauchen war natürlich wenig begeistert von meinem Ausbruch und versuchte, mich zurückzuhalten. Sie wollte doch eine gute Figur abgeben, nicht nur als Hundetrainerin. Erst gab sie mir den Befehl, zurückzukommen, merkte aber schnell, dass das nichts bringt, denn ich war in der Zwischenzeit schon recht nahe an dem unsympathischen Zweibeiner, der seinerseits verzweifelt versuchte, seine beiden Sparringspartner unter Kontrolle und vor allem zur Ruhe bringen. Nachdem unser Frauchen ja eine Frau der Tat ist, dauerte es nicht lange, bis sie mir hinterherstürmte, um mich am Halsband zu packen und zurückzuordnern. Sie hatte wohl vergessen, dass ich noch die Langlaufleine dranhatte, denn bei dem Versuch verheddderte sie sich derart in diese blöde Leine, dass sie nach ein paar langen Schritten ins Straucheln geriet." Wieder unterbrach Billy seine Erzählung, fuhr aber direkt nach einem strengen Blick seiner Mitbewohnerin Abby fort. „Jetzt kam, was kommen musste und was so nicht geplant war. Die Leine zog sich um ihre Füße zusammen, Frauchen ruderte wild mit den Armen und schlug, und das tat mir dann wirklich leid, der Länge nach hin. Ich war nämlich in der Zwischenzeit stehen geblieben und sah das ganze Dilemma mit an. Das war jedoch noch nicht das Ende der Fahnenstange. Durch den starken Gewitterregen in der Nacht hatten sich viele Pfützen gebildet und, was soll ich sagen, in der größten Pfütze weit und breit schlug Frauchen mit ihrem Oberkörper auf und das dreckige Wasser und der Matsch spritzten hochkant durch die Gegend. Ich konnte mit meinen langen Beinen gerade noch recht-zeitig beiseitespringen, aber die Kläffer bekamen ordentlich was ab. Sie standen halt genau in Höhe der Dreck-Einflugschneiße."

„Genau. Da waren Frauchens Haare wirklich mal straßenköterfarben. Das sagt sie zwar sonst auch immer, aber ich finde das gar nicht. In dem Moment hätte ich ihr allerdings zustimmen müssen", kommen-tierte Abby.

„Stimmt. Das Übelste allerdings war, dass unser Frauchen im Dreck lag, ihr die Schamesröte bis unter ihre Haarwurzeln kroch, aber der blöde Typ keinerlei Anstalten machte, ihr aufzuhelfen. Im Gegenteil, er schlug sich die Hand vor das schlecht rasierte Gesicht und versuchte krampfhaft, ein Lachen zu unterdrücken, was ihm nicht gelang. Situationskomik hin oder her, lachen kann man immer noch, nachdem man dem anderen aufgeholfen oder ihn zumindest gefragt hat, ob alles in Ordnung ist. Das ist meine Meinung. Aber sich so mies zu verhalten! Er nahm dann seine zwei Minis hoch und sagte zu ihr so was wie, *sie solle doch mal drüber nachdenken, ob sie mit ihrer Hundeschule die richtige Berufswahl getroffen hat*, und ist einfach weitergelatscht! Nur noch mal für euch zur Erinnerung: Er hat sie einfach da im Dreck liegen lassen! Unerhört, echt. Das war dann auch der Moment, indem ich kurz überlegte, hinter ihm herzurennen und ihm noch einen kräftigen Tritt mit meinen Vorderbeinen zu verpassen. Aber das hätte nichts geändert, geschweige denn gebessert. Also liefen wir beide zu Frauchen, schmiegten uns ganz fest an sie und leckten ihr Gesicht sauber. Sie hat auch praktisch gar nicht geschimpft. Also fast. Ich bekam danach zwar eine anstrengende Langlaufleinenlektion, aber als wir wieder am Auto standen, hat sie uns geherzt und gesagt, dass sie uns sogar dankbar ist. Sie hätte den Typen ganz anders eingeschätzt. Hätte sie mal lieber gleich uns gefragt."

„Nicht schlecht", sagte Paul und pulte mit seiner Zunge zwischen den Zähnen nach Futterresten. Eine unangenehme Eigenschaft, denn bei diesen Aktionen gab er immer ekelerregende Schmatz- und Schlürf-geräusche von sich. Ein Daraufhinweisen ließ ihn allerdings kalt, und so akzeptierten die Freunde diese Angewohnheit, denn nicht mal sein Herrchen konnte ihm das abgewöhnen. Paul, der sich am zweitschnells-ten eine Zecke aus den Haaren geholt hatte, erzählte als Nächster. „Ich hatte mehr als einen Versuch nötig, aber es war erfolgreich", schickte er gleich mal voraus, pulte erneut mit der Zunge im Gebiss und seine Augen leuchteten auf. Anscheinend hatte er noch etwas gefunden. Er kaute kurz, schluckte und erzählte weiter. „Da kam diese Tussi zu meinem Herrchen, als wir spazieren waren, und laberte ihn an, was er doch für einen schönen Beagle hätte. Mir hat es gleich die Krallen hochgerollt, weil erstens eine Tante, die einen Basset von einem Beagle nicht unterscheiden kann, ja wohl gar nicht geht und weil zweitens alles an ihr schrill war. Die Stimme, die Haarfarbe, die Klamotten. Augenkrebsalarm erster Klasse, sag ich da nur. Jetzt fragt mich bitte nicht, was meinem Herrchen an der gefallen hat. Da ging es mir so wie euch", wandte er sich an Abby und Billy, die verständnisvoll nickten. „Jedenfalls ließ er sich von ihr zuschwallen und machte doch tatsächlich ein Treffen mit ihr aus. Ohne mich! Aber ich bin ja schon etwas älter und habe gelernt, geduldig zu sein, deshalb wusste ich, dass es nur eine Frage der Zeit sein würde, bis die Person mal bei uns zu Hause auftaucht. Für diese Gelegenheit grub ich schon mal vorsorglich ein paar Stückchen Fleischwurst ein. Nicht zu tief ins Erdreich, da ist die Konservierung zu gut, sondern nur knapp unterhalb der Grasnarbe, damit es so richtig schön vergammelt. Als mein Herrchen an einem Samstag schon nachmittags anfing, aufzuräumen und zu putzen, wusste ich Bescheid. Er ist zwar etwas penibel, aber das war trotz allem ungewöhnlich. Ich versuchte also, abzuschätzen, wann die Dame das Haus betreten würde, und holte einen Teil der schon angegammelten Wurst aus dem Boden und fraß sie. Ein Gedicht, kann ich euch sagen."

Wie auf Kommando unterbrach er seine Erzählung und ging wieder auf die Suche nach etwas Essbarem zwischen seinen Zähnen. Diesmal ohne Erfolg. Er blickte kurz etwas enttäuscht drein, fuhr aber dann mit einem süffisanten Lächeln fort. „Es tut mir leid, aber jetzt wird es etwas unappetitlich. Ich weiß, dass ich von gegammelter Wurst unglaubliche Blähungen bekomme, deshalb achtet Herrchen immer darauf, dass ich nix vergrabe. Aber ich habe so die eine oder andere Stelle, die er noch nicht kennt", grinste er selbstzufrieden.

„Iihhh, Paul", ließ Lotta vernehmen, sah ihn aber mit großen Augen an und freute sich auf den Fortgang der Geschichte.

„Lange Rede, kurzer Sinn, ich weiß, dass Herrchen recht pingelig ist, was seinen Bodenbelag betrifft, deshalb lässt er seine Gäste immer Filzschluffen anziehen. So auch an diesem Abend. Seine Angebetete musste ihre sicher genau ausgewählten Pumps ausziehen. Was nicht auf Begeisterung stieß, kann ich euch sagen. Bei ihr. Bei mir schon. Denn ich fackelte nicht lange und ließ hinterrücks in jeden ihrer Schuhe ein Stückchen Gammelwurst fallen, während sie meinem Herrchen feierlich eine Flasche Rotwein überreichte. Und Kausticks für mich. Mit Pfefferminzgeschmack. *Für einen guten Atem*, lästerte sie. Ja, geht's noch!? Herrchen merkte mal wieder nix, bedankte sich überschwänglich und es folgte das übliche Durch-die-Wohnung-Führen. Was Herrchen beim Reinemachen nicht bemerkt hatte: Sobald er in einem Raum fertig war, lief ich rein und sah nach, was ich anstellen könnte. So bin ich zum Beispiel im Schlafzimmer mit extra dreckigen Pfoten aufs Bett gekrochen. Was für mich nicht ganz einfach war, denn so ein Boxspringbett ist verdammt hoch. Und nachdem ich gerade im Fellwechsel war, hab ich mich zusätzlich ausgiebig gekratzt und dabei schön viele Haare auf der Bettdecke verteilt. Das hat sie beim Rundgang mit einem spitzen *Ach, du lässt den Hund ins Bett?* kommentiert. Dann hab ich noch kleine Plastiktütchen aus der obersten Schublade des Nachtkästchens gezerrt. Eine hab ich mal aufgekaut, um zu sehen, was da Interessantes drin ist, weil er die ganz verstohlen reingelegt hat. Aber das war nur irgendein längliches nach Erdbeere riechendes Gummiding. Aber als sie das gesehen hat, ist sie empört aus dem Schlafzimmer getürmt, Herrchen hinterher und hat beschwichtigend auf sie eingeredet. Weiß auch nicht, warum die sich da aufgeregt hat. Den Mülleimer in der Küchenecke hatte ich etwas aussortiert, was ihm die Bemerkung einbrachte: *Hast du deinen Kö… äh, Hund eigentlich im Griff?*. Ach ja und im Wohnzimmer lagen plötzlich gebrauchte Unterhosen von Herrchen rum. Weiß auch nicht, wie das passieren konnte."

„Du bist ganz schon biestig, alter Mann", feixte Abby. Paul riss die Augen auf, tat unschuldig und sprach weiter. „Bevor die Tante kam, sagte Herrchen zu mir, dass ich bitte mal nicht unter dem Tisch rülpsen soll. Okay, dachte ich mir, aber von Würgen und Pupsen hat er nix gesagt. Und speziell für das Pupsen hatte ich ja zuvor die Gammelwurst gefuttert, also war das schon mal ein Leichtes. Zugegeben, ich fand das Aroma meiner abgehenden Luft ja selbst schon grenzwertig, aber was tut man nicht alles. Und als Herrchen mich in den Garten rausschmeißen wollte, hab ich noch mein spezielles Würgen aufgepackt, das eher klingt, als würde ein Braunbär brüllen. So in etwa." Paul setzte zu einer kleinen Demonstration an, als Abby ihn rasch einbremste. „Lass mal gut sein, mein Lieber, das kennen wir schon." Die beiden anderen nickten eifrig.

„Na, dann eben nicht. Der Schrillen war das jedenfalls zu viel und sie stürmte mit den Worten *Ich glaube, wir passen nicht zueinander* in den Flur und stieg in ihre Pumps. Das Kreischen, das sie dabei von sich gab, kann ich jetzt leider nicht nachahmen, aber sie ist tatsächlich ohne ihre Schuhe getürmt. Irgendwie wollte sie die nicht mehr haben."

„Herrlich, Paul", kicherte Lotta, „kam sie danach noch mal wieder?"

„Nein, und auf der Hundewiese ist sie uns auch nicht mehr begegnet."

„Kein Wunder, die hast du ordentlich vergrätzt. War dein Herrchen böse auf dich?"

„Wie man es nimmt. In dieser Nacht musste ich zwar im Garten schlafen, was ich bei einer Tagestiefsttemperatur von 17 Grad aber nicht als schlimm bezeichne. Am nächsten Morgen hat er mir ganz früh mein Lieblingsfrühstück gebracht und danach war alles wieder im Lot."

Nachdem sich die Runde noch etwas über die Schrille ausgelassen hatte, war als Letzte Lotta an der Reihe. Sie war bei der Zeckenaktion die Langsamste, was aber kein Wunder war, da sich in ihrem langhaarigen Fell Zecken am schwierigsten finden ließen. Aber daran störte sie sich nicht im Geringsten und begann zu berichten.

„Nun, dass mein Herrchen ein bereits älterer Knabe ist, wisst ihr ja, und ebenfalls, dass er sich immer noch für einen tollen Hecht hält. Tja, Alter schützt vor Torheit nicht. Was soll ich euch sagen. Da ist diese neue Nachbarin hergezogen, ungefähr zehn Jahre jünger als er, und die verdreht nicht nur ihm den Kopf, sondern auch seinem alten Kumpel, der nur zwei Häuser weiter weg wohnt. Jetzt ist der andere alleinstehend, mein Herrchen aber nicht. Er ist schließlich mit meinem Frauchen zusammen, und deshalb finde ich es unerhört, dass er bei der Nachbarin immer auf dicke Hose macht, dieser alte S…"

„Keine Beleidigungen, meine Liebe", unterbrach Abby und Lotta schluckte das Wort hinunter. Lotta, die ihr Herrchen im Grunde genommen toll fand, redete sich mit ihrem aufbrausenden Temperament nämlich schnell etwas in Rage. „Ist doch wahr", entgegnete sie etwas kleinlaut, aber trotzig. „Jedes Mal plustert er sich auf wie ein Gockel, wenn sie wieder einmal an der Haustür klingelt, um ihn um seine Hilfe bei irgendwas zu bitten, was mein Frauchen ohne Probleme alleine bewältigen kann. Aber die gnädige Frau Nachbarin braucht dabei Hilfe. Wahrscheinlich will sie sich nur ihre frisch lackierten Nägel nicht versauen. Wie dem auch sei. Mir war das schon lange ein Dorn im Auge und ich hatte einen Plan. Ihr wisst, Geduld ist nicht meine Stärke, aber ich hatte ein klares Ziel vor Augen und wusste, dass ich nur einen Versuch bekomme. Nur deshalb konnte ich so lange warten. Ihr müsst wissen, dass es bei uns sozusagen zwei Haustüren gibt. Die eigentliche Haupttür, wo aber nie jemand klingelt. Und eine zweite, direkt zur Dorfstraße hin, von der aus es unmittelbar in eine Art Büro reingeht, da mein Herrchen früher selbstständig war. Da diese Tür zentraler ist, kommt jeder, der uns besuchen will, dorthin und klingelt. In dem Büro steht neben diversen Büromöbeln auch ein Sofa. Und da mein Herrchen schon ein paar Jährchen auf seinem Buckel hat, schläft er nach dem Mittagessen immer ein bis zwei Stündchen auf ebendiesem Sofa. Ich liege dann auf dem kleinen Teppich, den er direkt davor platziert hat, und döse auch solange vor mich hin, weil ich weiß, danach geht's auf zur Gassirunde. An besagtem Nachmittag fiel die leider aus, aber das wusste ich zu dem Zeitpunkt noch nicht, als mein Herrchen sich langsam aufwachend zu mir umdrehte. Ihr solltet dazu vielleicht noch wissen, dass er zum

Schlafen immer seine Hose auszieht, weil die ja sonst währenddessen verknittern würde. Aber ihn in seinen schlabbrigen Unterhosen zu sehen, das will im Endeffekt keiner. Selbst ich kann da fast nicht hinsehen. Frauchen hat ihn schon oft darauf hingewiesen, dass er sich doch mal neue kaufen soll. Aber er meint immer, die taugen ja noch. Na, egal. Also, als er nach dem Mittagsschlaf im Begriff war, aufzustehen, brachte ich mich schon mal in Position, damit er nicht vergisst, mit mir spazieren zu gehen. Er gähnte, schwang seine Beine vom Sofa, blieb mit weit geöffneten Augen wie angewurzelt sitzen und starrte aus dem Fenster. Während ich noch seinem Blick folgte, um zu sehen, warum er so gaffte, kam richtig Bewegung in mein altes Herrchen. Er sprang auf, schnappte sich die Hose und zerrte sie in Windeseile hoch, als es bereits an der Haustür klingelte. Gesehen hatte ich nichts, aber das musste ich auch gar nicht, denn allein an seiner Geschäftigkeit erkannte ich, dass es sich um die Nachbarin seiner Träume handelte. Was ich aber sehr wohl zur Kenntnis genommen hatte, war, dass er es nicht mehr geschafft hatte, die Hose auch zu schließen. Und da wusste ich, dass jetzt meine Flirtcrasher-Gelegenheit kommt. Er öffnete die Tür mit einem gewinnenden Lächeln, oder zumindest mit dem, was er dafür hielt, und lehnte sich lässig mit seiner rechten Hüfte an die Haustür. Einerseits wollte er sicher cool rüberkommen, andererseits musste ja die Hose irgendwie oben bleiben, wenn er nicht ständig mit der Hand den Hosenbund halten wollte. Die beiden plauderten angeregt, worum es ging, hat mich in dem Moment nicht interessiert, denn ich wartete nur auf die günstige Gelegenheit, in der er sein Gewicht mal kurz auf das andere Bein verlagern und sich somit für einen Augenblick von der Haustür wegbewegen musste. Und meine Geduld wurde prompt belohnt. Er schwankte kurz nach links, um sich gleich danach wieder an die rettende Tür zu lehnen. Nachdem ich bereits die ganze Zeit hinter ihm saß, konnte ich genau diesen flüchtigen Moment für mich nutzen. Ich stellte mich auf meine Hinterbeine, hakte die Krallen der Vorderpfoten in den Hosenbund ein und ließ mich einfach mit meinem gesamten Gewicht nach unten fallen. Die Hose lag unten am Boden und säumte Herrchens Füße. Was soll ich sagen, an seine schlabberigen Unterhosen hatte ich nicht gedacht, denn die lagen auch am Boden. Das Gekreische und Gekeife der Nachbarin war ohrenbetäubend. *Notgeiler Schmutzfink*, war noch das Netteste, das sie ihm ins Gesicht plärrte, und mein Herrchen war so geschockt, dass er nicht imstande war, die Hose sofort zurück an ihre ursprüngliche Position zu ziehen. Erst als mein Frauchen erschien und fragte, was los sei, kam er zu sich. Er raffte mit blutrotem Kopf alles hoch und

110

stellte sich hinter die Haustür, während mein Frauchen mit Lachtränen in den Augen die Nachbarin aus der Tür komplimentierte. Ich hab mir für meine Aktion einen Anschiss abgeholt, der aber nicht so schlimm ausfiel wie befürchtet, weil ich Frauchen auf meiner Seite hatte."

„Da bekommt der Begriff *bloßgestellt* eine ganz andere Bedeutung", japste Paul.

„Und", fragte Billy, der sich in der Zwischenzeit auf den Rücken gewälzt hatte, „kam die Nachbarin wieder?"

„Sie ward nicht mehr gesehen", grinste Lotta und machte eine ausschweifende Bewegung mit der Pfote.

Abby übernahm das Wort. „Schöne Geschichten, die dafür stehen, dass ein Hund nicht immer den Flirtfaktor erhöht. Wollen wir uns darüber unterhalten, welche Aktion die beste war?"

Plötzlich redeten alle durcheinander. Paul fand Lottas Einsatz an der Hose am besten, Lotta Billys Stolperfalle und Billy schwärmte von der Gammelwurst und war für Pauls Einsatz. Am Ende sahen alle Abby an, die in dem Fall das Zünglein an der Waage darstellte. Aber die erklärte, ganz Diplomatin, dass sie sich der Stimme enthalte und es somit in diesem Wettbewerb drei Gewinner gebe. „Und ich schmeiße eine großzügige Runde Leckerli für alle", fügte sie hinzu, „und für eure tollen Einsätze, genau!"

Die Frauchen und Herrchen hatten sich zwar schon an die lebhaften Hunderunden gewöhnt, aber dieses Mal waren ihre Vierbeiner besonders ausgelassen, fanden sie. Und sie staunten nicht schlecht, als Abby in das Wohnmobil kraxelte und mit vier tellergroßen getrockneten Schweineohren zurückkam, die sie freigebig auf der Hundedecke verteilte.

„Und welche Aufgabe stellen wir uns für das nächste Treffen?", fragte Lotta.

„Schauen wir mal", antwortete Abby schmatzend.

Mordstheater

Luca ist schläfrig. Trotz der gefühlten zehn Stunden, die er am Stück geschlafen hat. Er schmatzt und streckt genüsslich alle viere, so weit es geht, von sich. Dabei tritt er mit seinen Hinterbeinen Emma versehentlich in den Bauch.

„Au! Sag mal, du Trampel, kannst du nicht aufpassen?", schnauzt die ihren Bruder an und rollt sich unmittelbar danach auf den Rücken, um noch etwas auszuspannen. Dabei reckt sie ihre drei Beine in die Luft. Eines ihrer Vorderbeine musste vor vielen Jahren amputiert werden, da sie in der Zeit, als die beiden noch Straßenhunde waren, von einem Auto erfasst und verletzt wurden. Emma hat es dabei schlimmer erwischt als Luca. Zum Glück wurden die beiden damals von aufmerksamen Menschen gefunden, die sie versorgten und sich darum kümmerten, dass sie in Deutschland eine neue Heimat fanden.

Emma ist die Impulsivere der beiden Geschwister. Sie war schon früher härter im Nehmen als Luca und ist nach wie vor die Stärkere, Mutigere und auch Direktere der beiden. Sie nimmt sich nie ein Blatt vor den Mund und macht ihrem Unmut immer sofort Luft. Das Gute an ihr ist, dass ihr Groll meist in ein zwei Minuten verraucht und alles wieder gut ist. Das weiß Luca natürlich, weswegen er ihr den „Trampel" von eben nicht übel nimmt. Er tut es ihr gleich, rollt sich auf den Rücken, streckt seine Beine ebenfalls in die Höhe und gähnt herzhaft. Luca ist sanftmütiger, aber auch ängstlicher als seine Schwester. Deshalb war er besonders froh darüber, dass sie damals zusammen vermittelt werden konnten, was wirklich schon lange her ist.

„Na, ihr zwei Schlafmützen. Es ist schon fast Mittag. Wollt ihr nicht mal rausgehen zum Gassi? Oder habt ihr Hunger? Na los, ihr Grauschnauzen, geht erst mal in den Garten. Draußen scheint die Sonne. Ich stell euch euer Futter auf die Terrasse. Und am späten Nachmittag machen wir nach unserer Generalprobe noch einen schönen Spaziergang." Luca grunzt behaglich. Er liebt die sanfte, schon fast grazile Stimme seines Frauchens, selbst dann, wenn sie ihnen nur etwas von ihrem Tagesablauf erzählt. Sie klingt fast immer wie ein Versprechen. Herrchen dagegen hat einen kräftigen Bariton, der fast immer einen Deut zu laut ist, findet Luca. Emma teilt diese Meinung nicht. Sie liebt die präsente Stimme und das selbstsichere Auftreten ihres Herrchens. Sie ist eben ein echter Herrchen-Hund.

Frauchen läuft in die Küche und fängt an, mit den Hundenäpfen zu hantieren. Als sie das hören, wursteln Luca und Emma sich aus ihrem Bettchen, so schnell es ihr altes Gebälk, wie Emma zu sagen pflegt, zulässt. Denn Futter ist immer gut. Trotz aller gebotenen Eile stehen die Näpfe bereits an ihrem Platz, bevor die beiden ihre Knochen ordentlich geschüttelt und durchsortiert haben.

Noch bevor die beiden anfangen zu fressen, hören sie Herrchen durch die Vordertür hereinkommen. Aber sogar wenn es um ihr geliebtes Herrchen geht, setzt Emma klare Prioritäten: Zuerst kommt das Futter, danach kann man immer noch hinrennen, ihn begrüßen und Streicheleinheiten einfordern.

Während sie schmausen, hören sie leises Stimmengemurmel und Gepolter aus der Küche. Frauchen kichert.

Plötzlich schreit sie laut auf. „Was ist das denn?" Sie scheint von irgendetwas nicht begeistert zu sein, ihre Stimme wirkt hysterisch und ganz anders als sonst.

„Gab es gerade günstig. War ein echtes Schnäppchen! Da konnte ich nicht Nein sagen", poltert Herrchen und schleppt etwas im Haus herum. Er keucht und schnauft.

„Bist du wahnsinnig? Wo um Himmels willen sollen wir das noch unterbringen? Der ganze Keller ist doch schon voll mit deinen Schnäppchen. Langsam reicht es!" Ihre Stimme klingt noch gereizter.

„Kannst du dich nicht einfach für mich freuen?",
herrscht er zurück.

„Ich sehe nur den Keller, der überquillt, in dem
man fast keinen Schritt mehr vor den anderen setzen
kann, weil er mit allem möglichen Zeug total vollge-
stopft ist. Du kannst nicht immer nur kaufen und
kaufen. Du solltest dich mal einem Therapeuten vorstellen. Du bist ja kaufsüchtig!" Frauchens Stimme ist
schrill.

„Stell dich nicht so an", donnert Herrchen zurück.

„Wie bitte? Hast du sie noch alle?"

Luca hört auf zu fressen. So wütend hat er die beiden noch nie erlebt. „Was ist denn da los? So kenne ich die beiden ja gar nicht! Mal ein paar laute Worte, okay. Aber das?"

Auch Emma sieht hoch. „Das ist echt ungewöhnlich." Die beiden beschließen, nach dem Rechten zu sehen. Just in diesem Moment kommt ein Windstoß und fegt ihnen die Terrassentür vor der Nase zu.

„Verdammt. Das darf doch nicht wahr sein." Emma ist genervt. Die beiden Hunde stehen auf der Veranda und gucken durch die Fensterfront, hinter der der Streit in der Küche zu eskalieren scheint. Sie können die Worte nicht mehr verstehen, die gesagt werden. Aber sie hören, wie sich die beiden weiterhin anschreien und dann einen dumpfen Aufprall.

„Siehst du was?", fragt Luca nervös.

„Nicht das Geringste", flucht Emma und drückt abwechselnd ihr linkes und ihr rechtes Auge von außen gegen die Glasscheibe. Wäre Luca nicht gerade bang ums Herz, würde er sich wünschen, auf der anderen Seite der Scheibe zu stehen, denn das sieht sicher lustig aus.

Ein unvermittelter lauter Fluch von Herrchen reißt ihn aus seinen Gedanken. Danach ist es vollkommen still.

Luca wird panisch. Was zur Hölle ist hier los? „Hörst du noch was?"

„Nein", flüstert Emma und poltert gleich darauf los. „Los, lass uns ums Haus rennen, vielleicht ist die Haustür noch offen! Wir müssen nachsehen, was passiert ist!"

So schnell ihre sieben alten Beine sie tragen, rennen sie um zwei Hausecken, um auf die andere Seite des Bungalows zu gelangen. Aber die Haustür ist zu. Emma flucht vor sich hin. „Bleib du hier, ich geh noch mal auf die Terrasse. Vielleicht kann ich doch was erkennen."

„Bist du sicher, dass wir uns trennen sollten? Ich komm lieber mit."

Mit zusammengekniffenen Augen blitzt Emma ihren Bruder an. „Du Schisser. Was soll uns denn schon passieren? Wirst sehen, es klärt sich sowieso gleich alles auf."

Luca bleibt alleine vor der Haustür stehen. Unsicher tritt er von einem Vorderbein auf das andere. Plötzlich hört er durch das geöffnete Küchenfenster ein lautes Quietschen aus dem Hausinneren, danach klappt eine Tür geräuschvoll zu. Das Geräusch klang wie die Tür des Küchenschranks. Der neben der Spülmaschine, den Herrchen schon lange mal reparieren wollte, weil die Tür schief in der Angel hängt. Sonst stört Luca das Quietschen nicht, aber heute bekommt er Gänsehaut von dem Geräusch. Kurz darauf kommt Emma ums Eck gerast und blafft ihm lauthals entgegen: „Herrchen hat gerade etwas in einem großen Müllbeutel in den Küchenschrank gestopft. Er hat ziemlich geschleppt." Obwohl sie nur drei Beine hat, legt sie ein immens hohes Tempo an den Tag. Genau deswegen touchiert sie auch zuerst die Hausecke, bekommt durch die Kollision einen Rechtsdrall und muss danach weit ausholen, um in einem Bogen wieder in Richtung Luca zu hetzen. Ihr hohes Tempo verringert sie dabei nicht, sie kann nicht mehr rechtzeitig abbremsen und rennt Luca fast ungebremst um. Die beiden Hunde verkeilen sich bei dem Aufprall ineinander und treffen als Hundeknäuel gegen die Haustür, die mit einem Schnappen aufspringt.

Leicht benommen und etwas überrascht sieht Luca sich um. Sie sind durch die Tür geflogen. Er liegt auf dem Rücken im Flur, Emma quer über ihm. Auch sie ist perplex.

„Die haben die Tür nicht richtig zugemacht", wispert Emma, rührt sich aber nicht von der Stelle. Sie stellt die Ohren auf und lauscht angestrengt. „Ich kann nichts hören. Du etwa?"

Luca antwortet nicht, sondern bewegt nur seinen Kopf von links nach rechts. „Kannst du bitte von mir runtergehen", ächzt er, denn Emma ist nicht die leichteste Hündin unter der Sonne.

„Ja, ja, hab dich nicht so." Sie hievt sich hoch. „Das war meine Rache dafür, dass du vorhin deine Beine in meinem Bauch gestemmt hast." Ihre Tasthaare an der Schnauze vibrieren. Daran erkennt Luca, dass sie das Gesagte nicht ernst meint. Er drückt sich ebenfalls nach oben. Ihm tut alles weh. Und er hat Angst, dass seinem Frauchen etwas passiert ist. Am liebsten würde er sich sofort in sein Bettchen verziehen, um den Rest des Tages dort zu verbringen. Und sicherlich schliefe er friedlich ein, sein Frauchen würde ihn später wecken und alles wäre nur eine verschwommene Erinnerung. Aber Emma ist schon auf dem Weg zur Küche und er kann seine Schwester schlecht alleine lassen.

„Warte", wispert er, denn er traut sich nicht mal mehr, laut zu sprechen, und trippelt hinter ihr her, so schnell er kann. Als er sie fast eingeholt hat, bleibt Emma mit einem Mal wie angewurzelt hinter der Tür-schwelle in der Küche stehen. Jetzt ist Luca derjenige, der auf dem glatten Laminatboden nicht so schnell abbremsen kann, wie er möchte. Er schlittert und saust seitlich in Emma. Die ist am ganzen Körper angespannt und hält der Kollision mühelos stand. Luca hingegen prallt an ihr ab, kommt zu Fall und rutscht noch ein paar Zentimeter in die Küche hinein. Vorsichtshalber schließt er während des Sturzes die Augen. Er will lieber nicht sehen, was sich in der

120

Küche befindet und weshalb Emma wie angewachsen stehen geblieben ist. Auch als er schon ein paar Sekunden dort liegt und im Grunde auf Emmas Schimpftirade wegen des kleinen Fauxpas wartet, lässt er die Augen zu. Aber sie kommt nicht. Emmas Stimme. Es herrscht Stille. Lucas Hirn beginnt wieder zu funktionieren. Warum sagt seine Schwester nichts? Ihm wird mulmig. Wenn es seiner Schwester die Sprache verschlägt, bedeutet das nichts Gutes. Denn das hat er in ihren fast dreizehn gemeinsamen Jahren selten erlebt. Luca ist zwar ein unglaublicher Schisser, aber auch durchaus neugierig – und die Neugierde besiegt seine Angst. Er öffnet vorsichtig eines seiner zugekniffenen Augen und blickt auf etwas Rotes vor sich auf dem Küchenboden. Er reißt beide Augen auf und sieht, dass er mit der Schnauze in einer roten Lache zum Liegen gekommen ist. Adrenalin schießt in seine Gefäße. Er springt hoch, geht drei Schritte rückwärts und tritt auf Emmas Pfoten.

„Autsch." Seine Schwester kann wieder sprechen.

„Emma, was ist das?" Luca schüttelt sich. Er hofft, Emma kann das beantworten, denn sie hat die noch besser funktionierende Nase von beiden. Kein Wunder, sie ist schließlich ein paar Minuten jünger als er.

„Weiß ich nicht. Ich habe bis jetzt die Luft angehalten, ich glaube, ich will es gar nicht wissen!", beantwortet sie Lucas Frage.

Ihr Bruder stakst ungewöhnlich mutig wieder drei Schritte nach vorne. Es geht um mein geliebtes Frauchen, denkt er. Ich muss wissen, was das hier ist. Er schnuppert. Puh, riecht das ekelig. Ein Geruch, der leicht an Metall erinnert. Ist das Blut? Beeindruckt vom Mut ihres Bruders kommt nun auch Emma vor und schnuppert an der roten Lache.

„Was zum Teufel macht ihr da?"

Beide Hunde zucken erschrocken zusammen und drehen sich abrupt um. Direkt hinter ihnen steht ihr Herrchen. „Weg da, aber dalli", poltert er, geht einen Schritt auf sie zu und wedelt mit einem Messer in der Hand durch die Luft. Die impulsive Emma rennt als Erste los und entwischt aus der Küche. Luca bleibt stehen. Seine Beine gehorchen ihm nicht.

„Los, verschwinde, Luca. Das geht dich nichts an." Sein Herrchen stampft vor ihm mit dem Fuß auf den Boden auf und verfehlt ihn nur um Haaresbreite.

„Komm schon, Brüderchen, lauf los!" Die Stimme seiner Schwester gibt ihm zumindest den Mut, zögerlich nach links in Richtung Flur zu tippeln. Sein Herrchen lässt er dabei keine Sekunde aus den Augen. Als Luca an der Schwelle zur Diele steht, packt ihn etwas am Hals und zerrt ihn aus dem Raum. Er hat nicht

122

bemerkt, dass Emma ein Stück zurückgekommen ist, denn sie ist es, die ihn mit ihren Zähnen am Nacken packt, um ihn weiterzuzerren. Luca lässt es über sich ergehen, ohne sich zu bewegen. Auf eine Blessur mehr oder weniger kommt es am heutigen Tag nicht an. Und es ist ihm auch egal, denn er macht sich Sorgen um sein Frauchen. Zu Recht, was die Erlebnisse in der Küche nur untermauern.

„Herrgott, fang endlich selber an zu laufen und lass dich nicht wie ein Zementsack durch die Gegend schleifen." Emma hat ihn im Garten losgelassen. Woher sie nur die Kraft nimmt, überlegt er.

„Erde an Luca! Bist du noch da?" Wie ein Häufchen Elend sitzt er auf dem Rasen und sieht in ein wütendes Terriergesicht mit kohlschwarzen Augen und wild abstehenden haselnussbraunen und grauen Haaren. „Ich gehe jetzt zu Señor Comandante rüber. Wir brauchen Unterstützung."

Ja, denkt Luca, der gewiefte Schäferhund mit der besten Spürnase der Umgebung und den kubanischen Wurzeln könnte ihnen sicher helfen. Emma läuft los in Richtung Nachbargrundstück. Noch immer ist Luca unfähig, sich zu bewegen. Er hört Herrchen in der Küche rumoren und fluchen und da siegt seine Angst. Nicht um alles in der Welt will er hier alleine sein. Luca hievt sich hoch und spurtet seiner Schwester hinterher. Sie haben Glück. Der Comandante, wie er in der Siedlung genannt wird, steht direkt am Zaun. Anscheinend hat er bereits bemerkt, dass etwas nicht stimmt. Schön, wenn man solche Nachbarhunde hat, findet Luca, der den Schäferhund, der doppelt so groß ist wie er und seine Schwester, heimlich sogar etwas bewundert.

„Du musst uns helfen!" Emma redet nicht lange um den heißen Brei herum. Das tut sie nie. „Ich bin mir nicht sicher, was, aber irgendetwas ist passiert bei uns und wir haben Angst um Frauchen."

„Woher kommt die rote Farbe an euren Schnauzen?" Señor Comandante lässt sich von den beiden erzählen, was sie gesehen und gehört haben, überlegt einen kurzen Moment und fragt Luca dann: „War Blut an dem Messer, das dein Herrchen in der Hand hatte?"

„Äh, also, ich weiß nicht", antwortet er beschämt. Darauf hatte er in seiner Panik nicht geachtet. Jetzt kommt er sich blöd deswegen vor.

Der Comandante, dem Lucas Verlegenheit nicht entgeht, beruhigt ihn. „Ist nicht schlimm. In einer solchen Situation hätte ich darauf sicher auch nicht achtgegeben." Luca bezweifelt das zwar, aber es fühlt sich gut an, dass der große Hund ihn in Schutz nimmt. „Ich komme rüber zu euch", sagt der Schäferhund. Er geht einige Schritte zurück, dreht sich um, nimmt Anlauf und drückt sich mit seinen beeindruckenden

Hinterbeinen kräftig ab. Mit einem gestreckten Sprung segelt er über den Gartenzaun und landet zwischen den beiden Nachbarshunden. „Na dann mal los", brummt er und geht mit langen Schritten auf das Haus zu. Emma und Luca haben Mühe, mit ihm mitzuhalten. Kurz vor der Haustür duckt sich der Schäferhund und schleicht sich fast wie eine Katze, die eine Maus gewittert hat, an. Ohne nachzudenken, kopieren Emma und Luca sein Verhalten. Die Haustür steht noch immer weit offen. Luca, der als Letzter im Hundegänsemarsch läuft, glaubt, aus den Augenwinkeln heraus einen Schatten um die Hausecke verschwinden zu sehen, aber er ignoriert das. Seine Nerven vertragen gerade keine zusätzliche Aufregung. Sicher hat er sich getäuscht.

Sie schleichen weiter ins Innere des Hauses und biegen rechts zur Küche ab. Der Comandante, der schon öfter bei ihnen war, kennt die Anordnung der Zimmer im Haus. In der Küche angekommen, bleibt der Schäferhund stehen. Emma und Luca gesellen sich rechts und links neben ihn und sehen ihn erwartungsvoll an. Er, der schon mehrere mysteriöse Geschichten in der Nachbarschaft aufgeklärt hat, wird ihnen sicher helfen können. Nachdem der Comandante intensiv an der roten Lache geschnuppert hat, blickt er die beiden Terriermischlinge an. „Ich sage es nur ungern. Aber das riecht einerseits tatsächlich ein wenig nach Blut. Andererseits aber auch wieder nicht. Ich muss gestehen, ich habe keine Ahnung, was das ist."

Den beiden Terriern bleibt keine Zeit, irgendetwas zu antworten. In dem Moment, als der Comandante zur genaueren Bestimmung kurz in die rote Lache lecken will, um sie vielleicht doch genauer spezifizieren zu können, rauscht ihr Herrchen wie ein Berserker in die Küche. „Verdammt, jetzt seid ihr schon wieder da! Sogar zu dritt! Raus aus der Küche!" Er macht ein paar energische Schritte auf sie zu und klatscht kräftig in die Hände. Emma und Luca rennen sofort aus der Küche. Nur der Comandante läuft knurrend auf ihn zu, der zunächst prompt einen Schritt zurückweicht, sich aber schnell wieder fasst und einen zweiten Versuch startet, den Nachbarshund zu vertreiben. Die beiden Terrier sind kurz stehen geblieben, um zu sehen, was passiert. Nachdem auch der Schäferhund mit aufgestellten Nackenhaaren aus der Küche gelaufen kommt, spurten sie wieder los und wollen durch die Haustür in den Garten rennen. Die ist jedoch mittlerweile geschlossen. Sie drehen sich um. Jetzt bleibt nur noch, ins Wohnzimmer zu türmen, um von dort aus auf die Terrasse zu gelangen. Wie die Wilden schießen alle drei ins nächste Zimmer. Die Schiebetür, die das Wohnzimmer zum Flur hin abgrenzt, wird hinter ihnen zugeschmettert. Sie bremsen ab und poltern ineinander. Die Terrassentür ist ebenfalls geschlossen. Sie sitzen in der Falle.

„Und was jetzt?" Emma dreht sich zu den beiden Rüden um.

„Gibt es noch eine andere Möglichkeit, hier rauszukommen?", fragt der Comandante. „Ein Fenster vielleicht, das für euch zu hoch ist, wo ich aber hochspringen könnte?" Luca sieht zum Sofa. Darüber ist das einzige Fenster, das bei schönem Wetter ab und an mal komplett geöffnet ist. Heute ist es jedoch verschlossen. „Nein", sagt er und weiß in dem Moment, dass das überflüssig ist, denn die anderen beiden sind seinem Blick bereits gefolgt.

In der Küche klappert und scheppert es. Wieder flucht Herrchen. In dem Moment ist Luca sogar froh darüber, dass er hier eingesperrt und vor allem nicht alleine ist. Er kann das alles nicht begreifen. Was ist nur passiert und was ist mit Herrchen los? Der Comandante läuft vorsichtig auf die Schiebetür zu. Durch das Milchglas, das den Mittelteil der Tür ausmacht, kann er schemenhaft etwas erkennen. Er beobachtet, wie jemand etwas Schweres über den Flur durch die Haustür, die jetzt wieder geöffnet ist, nach draußen trägt. Die Umrisse aber lassen keinen Zweifel daran, dass es Emmas und Lucas Herrchen ist, der sich da abmüht. Kurz darauf wird die Haustür wieder geschlossen und es ist still. In dieser Sekunde fängt der Schäferhund an, mit seinen Pfoten und den starken Krallen an der Schiebetür zu kratzen. Es dauert nicht lange, bis sie sich ein klein wenig bewegt. Jetzt zwängt er eine Pfote gezielt in die Laufschiene der Tür und beginnt zu ziehen. Millimeter für Millimeter bewegt sich die Tür nach links und öffnet sich ein wenig.

„So, einer von euch sollte jetzt versuchen, sich mit der Schnauze durch den Spalt zu zwängen, um die Tür so weit zu öffnen, bis ich mit meiner Schnauze durchpasse." Luca lässt sich nicht lange bitten. Es tut weh, als er sein weiches Schnäuzchen durch den Spalt zwängt und er ignoriert die Holzsplitter, die sich dabei in seine Schnauze bohren. Denn er will unbedingt etwas zu dem Fluchtversuch beitragen, immerhin geht es um sein Frauchen. Er nimmt all seine Kraft und seinen Mut zusammen, denn schließlich wissen sie nicht, ob Herrchen nicht jeden Moment wiederkommt, und schafft es, dass sich die Tür ein gutes Stück aufschiebt. Stolz tritt er zurück und überlässt es der kräftigeren Schnauze des Schäferhundes, die Tür so weit zu öffnen, dass sich alle drei hindurchquetschen können. Luca staunt. Wie schmal sich ein Schäferhund machen kann. Als die drei auf dem Flur stehen, führt ihr erster Weg sie in die Küche. Die rote Lache am Boden ist weggewischt. Nur ein paar rote

Spritzer sind im geöffneten leeren Schrank zu sehen, dessen Tür vorhin noch geschlossen war.

„Wir müssen raus. Im Haus werden wir nicht herausfinden, was passiert ist." Der Comandante geht zur Haustür, stellt sich auf seine Hinterbeine und drückt gekonnt die Türklinke nach unten. Die Pfote noch auf der Klinke geht er einen Schritt zurück und die Tür klackt nach innen auf. „Amigos, eine meiner leichtesten Übungen", sagt er zufrieden zu seinen beiden Freunden. „Luca, du hast gerade die Schiebetür so souverän geöffnet. Hilfst du mit deiner schmalen Schnauze noch mal kurz mit? Ich ziehe gleichzeitig mit der Pfote." Und ob Luca kann. Zusammen dauert es nicht lange und sie haben die Haustür aufgezogen.

„Und was jetzt?", will Emma wissen.

„Ich nehme die Fährte eures Herrchens auf. Wir müssen wissen, wohin er mit seiner Fracht gelaufen ist. Wenn wir ihn aufgespürt haben, können wir vielleicht herausfinden, was in dem ominösen weißen Sack ist, von dem ihr mir erzählt habt." Der Schäferhund senkt seinen Kopf und beginnt zu schnüffeln. Nach ein paar Sekunden hat er eine frische Fährte von Emma und Lucas Herrchen ausgemacht. „Mir nach", sagt er und verfolgt die Spur in Richtung Garage, die sich zusammen mit dem Wohnhaus auf dem eingezäunten Grundstück befindet.

Das Garagentor steht ein Stück offen und aus dem Inneren hören sie dezentes Murmeln. Sie schleichen sich im Gänsemarsch an, wobei Luca seinen beiden Mitstreitern gerne den Vortritt lässt. Für seinen Geschmack hatte er für heute schon genügend Aufregung. Was auch immer hinter diesem Tor ist, er hofft inständig, dass das, was sie dort zu sehen bekommen, all seine Ängste und Befürchtungen zerstreuen wird. Der Comandante ist beim Tor angekommen und lugt durch den Spalt. Auch Emma will etwas sehen und klettert etwas mühsam auf die Kiste für diverse Kleingartengeräte, die direkt an der Garagenmauer steht. Die bringt sie in ungefähr die gleiche Sichthöhe wie den Schäferhund. Luca begnügt sich damit, die Reaktionen der beiden zu beobachten.

Aber was er an ihren Gesichtern ablesen kann, gefällt ihm gar nicht. Sie bekommen große Augen und ihre Unterkiefer klappen leicht nach unten. Luca ist hin- und hergerissen, entscheidet sich aber dann doch, ebenfalls einen direkten Blick in die Garage zu werfen. Da er nicht größer ist als seine Schwester, zwängt er sich auf die Kiste neben sie und bereut seine Entscheidung bereits in diesem Moment. Er weiß, dass in der Garage ein alter Lada steht, der nur selten gefahren wird. Deshalb ist er nicht überrascht, das Auto dort zu sehen. Allerdings sind der Kofferraumdeckel und die Fahrertür geöffnet. Was ihn erstarren lässt, ist das, was mit dem Rücken zu ihnen im Inneren des Kofferraums liegt. Sein Frauchen. Und sie bewegt sich nicht.

Herrchen indessen kniet auf dem Fahrersitz und wuchtet etwas in den Fußraum auf der Beifahrerseite. Da ist er wieder, der weiße Müllsack. Und er beinhaltet einen offenbar schweren Inhalt. Gebannt beobachten die drei Freunde das Geschehen. Selbst Señor Comandante ist im Moment anscheinend ratlos, was der nächste Schritt werden soll. Emmas und Lucas Herrchen scheint mit seiner Verstauaktion fertig zu sein, denn er kommt rücklings aus dem Lada gekrochen. Luca erschrickt und jault kurz auf. Das wiederum erschreckt sein Herrchen, dessen Kopf ruckt hoch und schlägt kräftig an den oberen Teil des Autotürrahmens. Er stöhnt auf.

Emma blitzt Luca an. Er kann an ihren Augen ablesen, für welch einen Trottel sie ihn hält, weil er sie durch seine Schreckhaftigkeit verraten hat. Luca geniert sich kurz, kann es aber nicht mehr rückgängig machen. Gebannt starren die drei zu dem Menschen, der sich die angestoßene Stelle am Kopf reibt und die drei Hunde mit zusammengekniffenen Augen ansieht.

„Euch bekommt man wohl gar nicht los, wie?", sagt er. Täuscht sich Luca oder klingt seine Stimme nicht mehr so aggressiv wie noch in der Küche?

„Wen bekommt man nicht los?" Wie auf Kommando reißen die drei Hunde ihre Köpfe herum. Diese Stimme dringt aus dem Kofferraum zu ihnen und kurz darauf kommt auch Bewegung in die Gestalt, die gerade noch vollkommen leblos gewirkt hat. Luca quietscht. Sein Frauchen bewegt sich! Die Menschengestalt im Kofferraum regt sich und dreht sich zu ihnen um. „Ja, wen haben wir denn da? Habt ihr euren Freund mitgebracht? Ach, du liebe Zeit, ihr habt ja ganz rote Schnauzen. Habt ihr neugierigen Nasen etwa ins verschüttete Blut reingeschnuppert?"

„Ich hab sie vorhin dabei erwischt, wie sie daran rumgeschnüffelt und es fast schon verkostet haben. Wahrscheinlich war ich etwas zu schroff, aber ich wollte nicht, dass sie das Zeug zu intensiv untersuchen. Wer weiß, was da alles für Stoffe drin sind, die ihnen am Ende nicht guttun. Ich hantiere ja auch nicht jeden Tag mit Theaterblut. Sie haben sich vorhin gehörig erschreckt, der Comandante hat mich sogar angeknurrt. Danach hab ich sie ins Wohnzimmer eingeschlossen. Wie seid ihr da eigentlich rausgekommen?", fragt er mit gerunzelter Stirn. „Na, egal. Ihr tragt es mir hoffentlich nicht nach." Dann wendet er sich an seine Frau. „Und, Schatz? Ist es schlimm für dich, auf engstem Raum vollkommen reglos zu liegen? Oder schaffst du das heute bei der Generalprobe für die fünf Minuten, bis der erste Akt zu Ende ist?"

„Leicht wird es mir nicht fallen, das muss ich kleine Klaustrophobikerin zugeben. Aber unsere Aufführung ist ja für einen guten Zweck und dafür nehme ich es auf mich." Sie schwingt beide Beine aus dem Kofferraum, sieht die Hunde an. „Ihr seht ja echt verhuscht aus alle miteinander. Wir haben doch nur ein bisschen geprobt." An ihren Mann gewendet fügt sie scherzend hinzu: „Hoffentlich hast du vorhin nicht auch noch mit dem Theatermesser rumgewedelt!" Er blickt sie nur betreten an. Sie dreht sich zu den Fellnasen um. „Na, ihr Hübschen? Wollt ihr nach dem Schrecken vielleicht was Leckeres zur Wiedergutmachung? Ja, ja, Luca, ist doch alles gut. Was ist denn los mit dir? Da bekomme ich glatt das Gefühl, du hättest mich schon ewig nicht mehr gesehen."

Und für Luca fühlt es sich auch so an. Er ist als Erster von der Kiste gehüpft und wuselt jetzt schwanzwedelnd um Frauchens Beine, die aus dem Kofferraum baumeln. Er ist zutiefst erleichtert, dass sein Frauchen lebt. Als sie aussteigt, kennt seine Freude keine Grenzen. Er springt um sie herum, leckt ihre Hände ab und winselt, was das Zeug hält. Sein Frauchen. Auch Emma freut sich und hopst auf ihren drei Beinen auf und ab. Der Comandante belässt es bei einem freundlichen Schwanzwedeln, jedoch sieht

Luca ihm an, dass er ebenfalls erleichtert ist, wie sich die Situation zum Guten gewendet hat.

„Ich gebe den Süßen ein paar Kauknochen."

„Mach das, ich zurre den Eimer mit dem Theaterblut fest, damit uns das Zeug beim Transport nicht nochmal umkippt. Hätte mir gerade noch gefehlt, auch wenn es nur der alte Lada ist."

Die drei Hunde lassen die Frau nicht aus den Augen und laufen dicht hinter ihr her ins Haus. „Na, gebt ihr mir Geleitschutz?" Sie muss grinsen. Nachdem sie eine Runde Leckerli verteilt hat, rechnet sie wohl damit, dass die Vierbeiner gleich mit der Stärkung verschwinden. Aber sie bleiben mit dem Kauknochen im Maul bei ihr stehen. Erst als Frauchen sich ein paar Schritte bewegt, tun sie es auch. Sie verlässt das Haus und schlendert in den Garten gefolgt von der Hundeschar. Dort lässt sie sich im Gras nieder und alle drei legen sich neben sie, Luca so nahe bei ihr, dass seine Vorderbeine und sein Kopf auf ihren Oberschenkeln aufliegen. Erst dann beginnen sie, ihre Knochen zu bearbeiten. Luca hält dazwischen immer wieder inne und schaut sein Frauchen an, die seinen Blick erwidert. „Schade, dass ihr nicht sprechen könnt und unsere Gespräche auch nicht versteht." Sie streicht ihm über den Kopf. Wenn du wüsstest, Frauchen, denkt er und schließt genüsslich die Augen.

Sieben Lektionen

Zugegeben, ich war nicht sonderlich begeistert, als Frauchen und Herrchen mir diesen jungen Schnösel vor die Nase setzten. Also, genau genommen setzten sie ihn mir nicht einfach so vor die Nase. Es begann mit einem Ausflug, bei dem ich roch, dass meine beiden Zweibeiner total aufgeregt waren, und wir meine ehemalige Hundetrainerin trafen. Aber zu dem Zeitpunkt konnte ich mir keinen Reim darauf machen.

Das sollte sich allerdings schnell ändern. Denn während wir da inmitten einer mir unbekannten grünen Wiese standen, die drei Menschen und ich, kamen zwei weitere menschliche Wesen mit einem Hund. Ui, dachte ich bei mir, der sieht nett aus.

Während sich die Zweibeiner über unsere Köpfe hinweg unterhielten, schnupperte ich sofort aus einem Windhauch heraus, dass es sich bei meinem Gegenüber um einen jungen Rüden handelte. Mit denen komme ich immer besonders gut zurecht, schließlich kann ich da auf das Recht der Älteren bestehen und die meisten akzeptieren gleich, dass ich, ein in Ehren ergrautes Mädel, das Sagen habe. Jedenfalls ließen die Menschen uns einander kennenlernen und waren happy, dass ich nicht kratzbürstig zu dem

Kerlchen war und er umgekehrt vorsichtig mit mir spielte. Danach fuhren wir alle zurück nach Hause.

Was ich voreilig als netten Nachmittag eingestuft hatte, dem übrigens noch ein paar ähnliche Ereignisse folgten, war in Wirklichkeit ein Austesten, wie wir beide zueinander passten. Denn meine Zweibeiner holten den Youngster doch ernsthaft ein paar Wochen später zu uns nach Hause. Nun gut, nahm ich an, der ist nur zu Besuch. Das dachte auch er und rechnete jeden Tag damit, dass ihn seine Menschen, bei denen er die ersten beiden Jahre seines Lebens verbracht hatte, wieder abholten. Aber wir sollten uns beide täuschen. Sie kamen nicht. Und so blieb uns nichts anderes übrig, als uns miteinander zu arrangieren, was mal mehr, mal weniger gut klappte.

Bei meinen Spielsachen und beim Rumtoben bin ich grundsätzlich entspannt. Na, besser gesagt relativ entspannt. Die Spielzeuge muss er mir nach Aufforderung postwendend zurückgeben und das Spielen ist genau dann beendet, wenn ich keine Lust mehr habe. Und das kann in meinem Alter recht abrupt kommen. Das akzeptiert er auch sofort, obwohl er mein stolzes Stockmaß von zweiundsechzig Zentimetern um ein Leichtes überragt und um einiges mehr wiegt als ich.

Beim Fressen und bei meinen diversen Liegeplätzen sieht das anders aus, da kriegen wir uns noch immer ab und an in die Haare. Vielmehr ins Fell. Aber nie bösartig, und in der Zwischenzeit haben wir uns so an unsere kurzen Kabbeleien gewöhnt, dass es fast Spaß macht. Ich glaube, nur Frauchen nerven wir ordentlich damit.

Nachdem ich den Nachwuchsmöchtegern mittlerweile gut leiden mag und ihm mit meinen elf Jahren einiges an Erfahrung voraushabe, habe ich vor Kurzem beschlossen, ihn in meine sieben wichtigsten Lektionen und Punkte für das Zusammenleben mit unseren Zweibeinern einzuführen. Meine persönlichen goldenen Regeln, wenn ihr so wollt.

Lektion eins:

Das erfolgreiche Betteln

Wichtig ist es, den Körper und vor allem die Augen geschickt und vollumfänglich einzusetzen, damit etwas von dem abfällt, was die Menschen gerade auf dem Tisch stehen haben und in sich hineinschaufeln. Denn es kann schließlich nicht gesund sein, wenn sie das alles alleine essen. Immerhin bin ich, und jetzt auch er, dafür verantwortlich, unsere Zweibeiner im Auge zu behalten und auf sie aufzupassen. Was, wenn die Sachen auf dem Tisch vergiftet sind? Das will getestet werden! Und in meiner selbstlosen Art übernehme ich das gern. Seit ich in diesem Haus lebe, war zwar alles, was ich bekommen habe, in Ordnung. Aber das kann pures Glück gewesen sein. Und so versuche ich nun, dem Hundenachwuchs zu vermitteln, wie immens wichtig es ist, immer präsent zu sein, sobald es nach Essen duftet. Ich zeige ihm anhand praktischer Beispiele, wie ein Vierbeiner sich am besten am Tisch, daneben oder im Notfall auch unter dem Tisch zu positionieren hat und wie mehrfache strategische Platzwechsel vorzunehmen sind, falls die bisherigen Bettelversuche erfolglos waren.

Lektion zwei:

Das gekonnte „Im-Weg-Herumstehen"

Wenn betriebsame Geschäftigkeit herrscht und ich noch nicht einschätzen kann, was abläuft und ob meine Zweibeiner das Haus mit mir oder ohne mich verlassen möchten, kommt die Kunst des „Im-Weg-Herumstehens" zum Einsatz. Denn nichts ist langweiliger und spannungsloser, als nicht im Mittelpunkt zu stehen. Also immer rein ins Geschehen, damit man genau mitbekommt, was Sache ist. Am Ende wollten mich die Zweibeiner womöglich mitnehmen, vergessen mich aber, weil ich nicht präsent war. Wie unangenehm. Damit genau das nicht passiert, zeige ich nun auch der unerfahrenen Fellnase, wie das funktioniert. Dass wir uns dabei den einen oder anderen Rüffel von unseren Zweibeinern abholen, weil sie um uns herumlaufen müssen oder sie uns beim Umdrehen fast auf die Zehen treten, weil wir direkt hinter ihnen stehen, stört mich nicht mehr besonders. Den Frischling bedrückt das noch eher. Im schlimmsten Fall, wenn ich es zugegebenermaßen mal wieder übertrieben habe, werden ich und er auf unsere Decken geschickt. Einmal habe ich Herrchen bei einer solchen Aktion ein „Hackerl" gestellt, er ist mächtig gestolpert und fast der Länge nach in den Hausflur geschlagen. Aber das war völlig unbeabsichtigt. Ehrlich.

Lektion drei:
Das geschickte Durchquetschen
Das geschickte Durchquetschen ist exorbitant wichtig, wenn ich als Hund irgendwo noch schnell vorbeimuss, bevor einer der Zweibeiner der Erste ist. Und auch manchmal, um einfach zu zeigen, dass ich in diesem Haushalt ebenfalls was zu sagen habe. Eine kurze und schnell erklärte Lektion, dachte ich, aber der Kleine stellte sich hierbei extrem schüchtern an, was dem Erfolg im Wege stand. Dabei ist es total einfach. Ich würde es mal so umschreiben: Augen zu und

durch. Sicherlich ist für das gewiefte und vor allem erfolgreiche Durchquetschen ein wenig Skrupellosigkeit von Vorteil. Nicht jedem ist die in die Wiege gelegt, manch einer muss sie erst erlernen. Ich persönlich hatte damit kein Problem, beim Nachwuchs sah das anders aus. Aber er hatte eine Meisterin als Lehrerin und somit zeigte ich ihm, wie ich mich mit dem einen oder anderen gekonnten Bodycheck zwischen den Beinen der Zweibeiner und diversen Türrahmen, Türen, Autos oder sonstigen Gegenständen, die für Engstellen sorgen, durchdrängte. Frauchen und Herrchen fanden das immer doof und schimpften mit mir, denn auch ihnen fiel auf, dass meine Durchquetsch-Rate inflationär in die Höhe schnellte, aber irgendwie musste ich den Frischling ja in die Spur bringen. Umso stolzer bin ich, dass er sich gestern das erste Mal selbst traute und den Vorgang bravurös und erfolgreich abschloss. Hurra!

Lektion vier:
Leidend schauen und Schnauze auflegen

Im Laufe des Tages liege ich gerne einfach auf meinem Bettchen herum und sobald Frauchen mich ansieht, rolle ich die Augen hoch. Ich mach das hauptsächlich bei ihr, weil da die Erfolgsrate um ein Vielfaches höher ist als bei Herrchen. Wichtig ist, dass im

Verlauf des Leidendschauens die Schnauze am Boden liegen bleibt und, wenn es passt, die Stirn zusätzlich in Falten gelegt wird. Das in Kombination geht als absolut leidender Gesichtsausdruck durch. Zu neunzig Prozent reagiert Frauchen darauf mit einem: „Na, Maus? Alles okay?", beugt sich zu mir herunter und lässt mir irgendetwas Gutes zuteilwerden. Und wenn es nur zwei, drei Streichler übers Fell sind.

Und ich muss zugeben (aber das sage ich nur euch), dass mein Lehrling einmal genauso ein Meister im Augen hochrollen wird wie ich, denn alleine die Falten auf seiner Stirn sind jetzt schon derart gewaltig, dass Frauchen völlig dahinschmilzt. Wie gut wird das noch werden, wenn er älter ist und sich die Haut noch leichter zusammenrunzeln lässt. Gut gemacht.

Lektion fünf:

Der Überraschungseffekt – „Gibt's dich öfter?"

Die Laufwege der Zweibeiner so exakt im Voraus zu berechnen, dass du immer bereits da bist, bevor sie selbst in dem angepeilten Raum ankommen, ist eine Kunst. Natürlich spielt hierbei die Aufteilung der Wohnung eine große Rolle. Bei uns stehen alle Türen immer offen und man kann im Haus regelrecht im Kreis gehen. Und das ist ein entscheidender Vorteil. Wenn Frauchen in den Abstellraum kommt, in dem unser großer Kühlschrank steht – bin ich schon da. Wenn sie sich etwas zum Knabbern holt und damit aufs Sofa will – bin ich schon da. Wenn sie zu meinem Fressplatz kommt und mir ein Zusatzleckerli geben will – bin ich schon da. Und dann sagt sie zeitweise „Gibt's dich öfter?" und lächelt dabei. Und das möchte ich meinem manchmal noch unbeholfenen, aber lernwilligen pelzigen Mitbewohner beibringen. Dabei stellt er sich erstaunlich gut an, ist er doch um einiges schneller zu Fuß als ich. Das kann ich allerdings mit meinem Köpfchen und meiner Erfahrung locker ausgleichen. Manchmal bin ich auch schon da, wenn sie sich im Bad die Haare machen oder die Zähne putzen will. Aber da verscheucht sie mich immer, weil das Bad so klein ist, dass ich währenddessen nicht gemütlich auf dem himmlisch flauschigen Badvorleger weiterschlummern kann.

Lektion sechs:

Kopf schräg legen und unaufgefordert Pfote geben

Fast schon als Erweiterung von Lektion eins ist die Lektion sechs zu sehen. Sie ist gewissermaßen die Version für Fortgeschrittene, nämlich das aktive und direkte Einleiten eines Bettelvorganges durch das Schräglegen des Kopfes oder das unaufgeforderte Geben der Pfote. Der Grund für eine solche Aktion ohne Umschweife kann das Habenwollen eines Spielzeugs oder eines Leckerli oder das Bedürfnis nach Streicheleinheiten, einem Gassigang oder einfach nur nach Aufmerksamkeit sein, wenn die Menschen sich schon geraume Zeit unterhalten und mich als Vierbeiner ignorieren. Den Kopf schrägzulegen hat der Kerl relativ schnell gelernt. Das ist auch keine knifflige Angelegenheit. Mit dem „unaufgefordert-Pfotegeben" hat er noch kleine Schwierigkeiten, da er seine Pranke meist derart energisch auf die Hand oder den Oberschenkel von Frauchen oder Herrchen schleudert, dass seine Krallen gleich Kratzspuren hinterlassen. Jugendlich überbordender Elan eben. Mehr Gefühl bei solchen Aktionen bringe ich ihm noch bei. Aber alles in allem kann er diese Situationen und die Notwendigkeit einer gezielten Aktion gut einschätzen. Er macht sich.

Lektion sieben:
Menschen studieren

Die wichtigste und aufwendigste Lektion, das Menschenstudieren, kommt zum Schluss, auch, wenn man sie bereits für die vorangegangenen Lerneinheiten gut gebrauchen kann. Aber damit anzufangen ist in meinen Augen der falsche Weg. Deshalb kommt sie als Letztes dran. Um die Zweibeiner besser einschätzen zu können und ihnen im besten Fall einen Schritt voraus zu sein, studieren wir sie. Ihr Verhalten, ihre Aktionen und Reaktionen. Das ist eine hochkomplexe Angelegenheit, für die ein Vierbeiner lange beobachten und analysieren muss. Zur Perfektion in diesem Punkt kommt ein Hund nur im Laufe eines langen Lebens. Und ich mit meiner grauen Schnauze darf von mir behaupten, dass ich nahezu perfekt darin bin, meine Zweibeiner zu lesen und einzuschätzen. Natürlich bemerken sie es, wenn ich sie beobachte und belausche. Manchmal mache ich das auch aus der Position der „gespielten Langeweile" heraus – also nach außen hin vollkommen entspannt mit halb geschlossenen Augen, aber die Ohren sind voll auf Empfang. Und Frauchen hat sogar schon mal gesagt: „Na, Süße, studierst du wieder, wann ich was mache und warum?" Aber letztendlich stört es sie nicht, wenn ich sie beobachte. Wie eine gekonnte Beobachtungsoffensive verläuft, da hat jeder seine eigenen Regeln und Herangehensweisen. Ich gebe dem Neuzugang gerne Hilfestellung, aber zu viel verraten kann ich nicht, denn in dieser Hinsicht bleibt Selbsterlerntes und -erkanntes eindeutig besser im Kopf. Also werde ich noch dringend gebraucht, denn bei Lektion sieben ist bei ihm noch äußerst viel Luft nach oben.

Ihr seht, alles in allem habe ich mich mit dem jungen Kerl über die Zeit gut arrangiert. Er lernt von mir und ich erlebe noch mal, wie lustig das Hundeleben zu zweit sein kann. Dabei dachte ich immer, ich fühle mich als einzelne und verwöhnte „Prinzessin" im Haushalt derart wohl, dass es mir nicht besser gehen könnte. Aber da sieht man einmal: Auch ein alter Hund kann noch dazulernen.

Doktor Krankenstein

Linda nahm ihre Tasche und ignorierte die abschätzigen Blicke des Taxifahrers, was ihr dank der dunklen Sonnenbrille leichtfiel. Schweigend beglich sie die Rechnung, nickte ihm halbherzig zu und stieg aus dem Fahrzeug. Zwar tat ihr nach dem Eingriff in der Klinik noch alles weh, aber aus Erfahrung wusste sie, dass das bald vergehen würde. Kurz bevor sie die Haustür aufschließen konnte, hörte sie ihre Nachbarin, herüberrufen. „Um Gottes willen, Linda! Ist Ihnen etwas zugestoßen?" Die hatte Linda jetzt gerade noch gefehlt. Ohne auf den Taxifahrer zu achten, der in diesem Augenblick rückwärts aus der Einfahrt rangieren wollte, kam Frau Pohl resolut über die Straße auf Linda zu. „Brauchen Sie Hilfe? Kann ich Ihnen etwas abnehmen? Kümmert sich jemand um Sie?" Die Fragen kamen bei Linda an wie eine Gewehrsalve. Sie bemühte sich, freundlich zu sein, und wehrte ab. „Nein, danke, es ist alles in Ordnung. Nichts Gravierendes. Außerdem ist Ruth ja zu Hause."

Forschend blickte die Nachbarin in Lindas verschwollenes Gesicht, danach auf die Sonnenbrille. „Soll ich nicht doch besser mit reinkommen?", setzte sie nach. „Nur um sicherzugehen, dass Ruth auch wirklich da ist." Hinter der Tür hörte Linda bereits das ungeduldige Trappeln ihrer Hündin Shira. Dabei klackerte es auf dem Holzboden. Ich sollte ihr mal wieder die Krallen schneiden, dachte sie bei sich. In diesem Moment öffnete jemand die Tür.

„Ja, Ruth ist wirklich da. Danke für dein Angebot, Helga, aber wir kommen klar. Schönen Tag noch." Damit ließ Ruth die Nachbarin stehen. Währenddessen wurde Linda bereits freudig von ihrem Dobermann-Mädchen begrüßt.

„Oh Gott, Schätzchen, wie siehst du nur wieder aus." Ruth sah Linda sorgenvoll an.

„Ist halb so wild", winkte Linda ab und ignorierte die Mischung aus Besorgnis und Verärgerung im Blick ihrer Mutter. Mit einem schiefen Lächeln setzte sie ihre Tasche ab und kniete sich zu ihrer Hündin, die sich ihr vorsichtig näherte. Shira sah ihrem Frauchen intensiv ins Gesicht, das wieder einmal irgendwie anders aussah, und versuchte, durch die Gläser der Sonnenbrille hindurch einen Blick in ihre Augen zu erhaschen. Die Hündin schnupperte. Der oberflächliche Geruch war zwar eigenartig, aber darunter konnte sie den wohlbekannten Duft ihres Frauchens erkennen. Shira hatte das schon öfter erlebt. Linda war weg, kam nach ein paar Stunden oder Tagen wieder und sah danach jedes Mal etwas anders aus als vorher. Nicht erheblich, aber dennoch so, dass Shira es eindeutig wahrnahm. Die Hündin verstand das nicht, aber im Moment zählte für sie nur, dass ihr geliebtes Frauchen wieder zurück war und sie ausgiebig herzte. Das genoss Shira in vollen Zügen und blinzelte dabei kurz in Ruths gutmütiges runzeliges Gesicht. Ruth war sozusagen ihr Zweitfrauchen, das die Hündin während Lindas Abwesenheit immer gut und gerne versorgte.

„Möchtest du etwas essen oder trinken, Mädchen?", wandte Ruth sich an ihre Tochter.

„Essen möchte ich nichts, aber ein Glas kühler Saft wäre toll", erwiderte Linda und strich Shira noch einmal über den Kopf, bevor sie sich aufrichtete. Ruth hatte sich keinen Millimeter bewegt. „Ich weiß ehrlich gesagt nicht, warum du dir das immer wieder zumutest. Du bist doch eine so hübsche Frau."

Linda holte tief Luft und schloss die schmerzenden Augenlider hinter ihrer Sonnenbrille. „Mama, bitte, nicht wieder diese Diskussion. Ich fühle mich so wohler. Das ist das, was zählt. Du willst doch auch, dass sich deine Tochter wohlfühlt, oder?"

„Natürlich möchte ich das. Aber mir wäre es lieber, wenn das auch ohne Schönheitsoperationen und Botox ginge." Ruth seufzte. In der kurzen Zeit, in der ihre Tochter mit diesem Schönheitschirurgen zusammen war, hatte sie sich von ihm einreden lassen, das ein oder andere an sich zu verändern.

Völlig unnötigerweise, fand Ruth. Doktor Timon von Kranenberg, ein eingebildeter Fatzke, den Ruth für sich nur Doktor Krankenstein nannte. Er wusste es ihrer Ansicht nach hervorragend auszunutzen, dass Linda mit ihrem Aussehen nicht rundum zufrieden war. Weshalb auch immer. Früher hatte sie zwar manchmal genörgelt, wäre aber nicht auf die Idee gekommen, wirklich Hand anlegen zu lassen. Das hatte sich mit dem Erscheinen von Doktor Krankenstein in Lindas Leben leider geändert.

Ruth drehte sich um und ging in die Küche, gefolgt von Shira, die auf eine kleine Leckerei spekulierte, wie so oft, wenn Ruth in Richtung Kühlschrank lief. Egal, ob in Lindas Wohnung oder in ihrer eigenen im ersten Stock.

„Jetzt komm und setz dich erst mal", rief Ruth zurück in den Flur. „Auspacken kannst du ja später noch."

„Mama, das war eine ambulante Behandlung. Ich muss nichts auspacken."

„Pain to go, auch schön", murmelte Ruth vor sich hin. Als Linda wenig später die Küche betrat, kaute Shira an einem Stück Wurst und Ruth stellte zwei volle Gläser auf den Küchentisch. „Hier ist dein Saft, Liebes."

„Mama, du sollst Shira doch nicht immer so viel nebenher geben", schmollte Linda halbherzig, als sie sah, wie ihre Hündin den letzten Bissen hinunterschlang.

„Sie kann es doch vertragen. Das Mädel ist rank und schlank."

„Ja, und sieht immer hübsch aus und ist obendrein immer richtig angezogen, was, Maus?" Linda beugte sich leicht zu Shira hinunter, die angelaufen kam, um sich zu Lindas Füßen zusammenzukringeln. Auch wenn Shira Ruth und ihre Leckerlis toll fand: Mit Linda war das Zusammenleben super. Sie tobte mit ihr, machte ausgiebige Waldspaziergänge oder versteckte Leckereien, die sie dann suchen durfte. Kurz und gut: Ihr Frauchen tat alles, damit es ihr gut ging. Und Shira gab ihr Hundemögliches zurück. Das Einzige, was Shira an ihrem Leben doof fand, war der Mann, der in letzter Zeit des Öfteren mit zu ihnen nach Hause kam. Er hatte zwar keine Angst vor ihr, das würde sie sofort riechen, aber er wusste auch nicht recht etwas mit ihr anzufangen und tätschelte nur immer grob auf ihrem Kopf herum oder klopfte ihr an die Flanke wie bei einem Pferd. Sie nahm das dann billigend in Kauf und trollte sich nach kurzer Zeit in eine andere Ecke des Zimmers oder auf ihren Liegeplatz. Dann ließ er sie meist in Ruhe.

Er meckerte nicht selten herum, dass sie ihr Fell überall auf seinen in schreiendem Schwarz gehaltenen Klamotten hinterlasse und ihn ständig ansabbere. Da zog sie sich während seiner Anwesenheit doch lieber zurück. Wenn er ging, kam sie gerne wieder zu Frauchen, denn bei ihr durfte sie einfach Hund sein. Shira konnte riechen, dass Frauchen es nicht guthieß, dass er bei ihrer Hündin auf Distanz ging, gesagt hatte sie diesbezüglich bisher allerdings noch nichts zu ihm.

Obwohl, so ganz stimmte das nicht. Vergangene Woche hatte er gefragt, wie alt Shira sei. Linda hatte gelächelt, sie glaubte, er würde sich endlich für Shira interessieren. „Sie ist jetzt fünf", sagte sie.

„Ah. Und wie alt wird so ein Tier?" Sogar Linda spürte, dass er einzig und allein erfahren wollte, wie lange er sich mit dem Vierbeiner noch zu arrangieren hätte. Zum Glück ging er kurz danach weg. Shira legte sich zu ihrem Frauchen, die auf dem Sofa saß und ein bisschen weinte.

Nicht nur Ruth, auch Shira hatte schon oft versucht, ihrem Frauchen zu vermitteln, dass der Herr Doktor von und zu nichts für sie war. Beide wurden das Gefühl nicht los, dass er Linda nur als eine Art Trophäe sah. Oder etwa als Versuchskaninchen. Wenn Shira bei Ruth war, redete diese oft davon und die Hündin pflichtete ihr lebhaft bei, Ruth verstand das. Außerdem war Linda doch viel jünger als der Arzt. Umso weniger konnten Ruth und Shira nachvollziehen, was sie an ihm fand. Aber Linda war schließlich ihr Frauchen, also akzeptierte Shira den Typen wohl oder übel. Trotzdem war er ihr nicht geheuer.

Das letzte Mal zum Beispiel, als er bei ihnen war, kam er überraschenderweise direkt an Shiras Körbchen und hockte sich vor sie hin, während Frauchen in der Küche eine Flasche Wein öffnete. Er streichelte Shira nicht, noch sprach er mit ihr. Er sah sie nur komisch an und murmelte etwas Unverständliches in seinen extrem gepflegten und immer nach Vanille riechenden Vollbart. Die Augen kniff er dabei zusammen, als ob er scharf nachdenken müsse, dann nickte er fast unmerklich mit dem Kopf. Shira wurde das Ganze nach kurzer Zeit zu gruselig, sie sprang hoch und lief schnell davon. Doktor Krankenstein wäre vor Schreck fast nach hinten umgekippt. Wahrscheinlich dachte er für einen kurzen Moment, dass sie ihm was antun wollte. Aber nichts lag ihr ferner, als ihre Zähne in irgendeinen Menschen zu schlagen, schon gar nicht in einen vermutlich zähen Doktor. Shiras kleine Schadenfreude verflüchtigte sich allerdings rasch, da der feine Herr nun ein Mordsgezeter aufführte. Er behauptete, sie wollte ihm Böses und nur seiner schnellen Reaktion wäre es zu verdanken, dass er nicht in die Notaufnahme müsste. Obendrein hätte sie ihn bei der Aktion mal wieder vollgesabbert. Eklig sei das und er verstehe nicht, dass Linda das nicht störe. Wie zufällig kam Ruth gerade in dem

Moment hereingeschneit, sie hatte das Intermezzo mitbekommen. Er solle sich nicht so haben, entgegnete sie ihm kühl, bevor Linda überhaupt etwas sagen konnte. Ihr, Ruth, wäre es auch lieber, er würde ihre Tochter mit seinen Schnippeleien in Ruhe lassen und sie ebenfalls nicht mehr vollsabbern. Shira war nicht entgangen, dass bei diesen Worten ein kurzes Schmunzeln über Frauchens Gesicht huschte. Doch dann nahm Linda ihren Weißkittel in Schutz und versuchte, Ruth klarzumachen, dass sie erstens an der Wohnungstür klingeln solle, statt einfach hereinzukommen, und zweitens nicht so mit Timon reden dürfe. Nach dem kurzen Schlagabtausch gingen die beiden Verliebten essen. Ruth und Shira machten es sich zusammen auf dem Sofa gemütlich. Wenn das Doktor Krankenstein gesehen hätte, uiuiui. Hatte er aber nicht.

Shira döste entspannt zu den Füßen ihres recht geschunden aussehenden Frauchens, da klingelte es an der Tür. Die Hundedame schreckte aus ihrem Schlummer hoch, sprang auf, wobei ein tiefes Knurren und zwei Beller aus ihrer Kehle drangen. Linda sah von ihrem Apfelsaft auf. Wer war das denn? Sie hatte keine große Lust, sich in ihrer heutigen Verfassung der Außenwelt zu präsentieren. In ein paar Tagen sähe die Sache wieder anders aus. Aber jetzt?

Ruth war zur Toilette gegangen und so erhob sich Linda notgedrungen mit einem Seufzer. Sie ging langsam in den Flur, um durch den Milchglasstreifen in der Haustür zu sehen, bevor sie entschied, ob sie öffnen sollte oder nicht. Unmittelbar darauf hörte sie eine ihr wohlbekannte Stimme. „Mausezahn, ich bin es nur. Ich wollte nach dir sehen."

„Mausezahn", äffte Ruth Doktor Timon von Kranenberg nach. Sie trat gerade hinter Linda in den Flur, hob nach einem strengen Blick ihrer Tochter abwehrend die Hände und verzog sich hinauf in ihre Wohnung.

„Hat dein Kö… Vierbeiner heute schlechte Laune oder warum bellt er, wenn ich klingle?"

„Shira ist einfach nur erschrocken. Und überhaupt bellt so ein Hund eben ab und an mal", sagte sie und versuchte zu lächeln.

Sie freute sich, dass Timon sie so kurz nach seiner Operation an ihr aufsuchte. Wie fürsorglich von ihm. Aber im gleichen Augenblick überlegte sie, wie er und Shira in Zukunft miteinander auskommen sollten. Rund lief es nicht mit den beiden, das war unübersehbar. Shira war nämlich in der Zwischenzeit ebenfalls in den Flur gelaufen, um den Besucher zu begrüßen. Kaum hatte sie ihn allerdings erkannt, beendete sie das Schwanzwedeln auf der Stelle, lief zurück und verdrückte sich direkt in ihr Körbchen. Linda folgte ihr zusammen mit Timon in die Wohnung. Der Arzt stellte seine schwere Tasche ab, hängte den Mantel an den Kleiderhaken, zog die Straßenschuhe aus und seine Filzpantoffeln an. Die waren bisher das Einzige, was von ihm dauerhaft in Lindas Wohnung verblieb. Als hätte er ihre Gedanken gelesen, sagte er: „Süße, das kann nicht so weitergehen. Ich meine, das mit Shira und mir."

Linda drehte sich mit leuchtenden Augen zu ihm um. „Das habe ich mir auch schon gedacht. Ich bin froh, dass du es ansprichst."

Timon von Kranenberg nahm seine Freundin in den Arm. „Und ich habe bereits eine Idee, wie wir die Situation ändern können."

„Oh, das ist schön. Das bedeutet mir sehr viel. Ich hatte mir auch etwas überlegt, mich allerdings nicht getraut, es dir vorzuschlagen."

Zufrieden lächelte ihr Gegenüber sie an. „Das hättest du ruhig tun können, mein Mausezahn, denn ich glaube, wir denken dasselbe."

„Das ist schön!" Linda war gerührt, stellte sich auf die Zehenspitzen und hauchte ihm einen Kuss auf die Nase.

„Dann werde ich mich mal darum kümmern, dass sich das Verhältnis Mann-Hund bessert. Am besten, ich fange gleich damit an", verkündete er und schlurfte in Richtung Wohnzimmer zum Hundekörbchen.

„Mach das", rief Linda ihm hinterher, „ich bereite uns eine Kleinigkeit zum Abendessen vor."

Sie lächelte, als sie in die Küche lief, sie fühlte sich leicht und beschwingt. Wie wunderbar würde es werden, wenn Timon und ihre Shira sich endlich gut verstanden und einander nicht mehr ständig aus dem Weg gingen. Und wie schön, dass der erste Schritt dazu von ihm kam, ohne dass sie ihn darauf ansprechen musste. Linda sah in den Kühlschrank. Alles da, was sie für ein paar leckere Tapas brauchte. Da konnte sie im Handumdrehen ein köstliches Abendessen zaubern. Nur eines fehlte: ihre selbst gebackenen Churros, die Timon so mochte. Aber im Gefrierschrank im Keller lagen noch welche auf Vorrat, das wusste sie. Sie seufzte. Also gut, dann eben als Erstes aus dem Keller die Backteile holen, damit sie im Ofen langsam auftauen konnten. Gerade als sie aus der Küche kam, sah sie Timon mit seiner schweren Arzttasche ins Wohnzimmer schreiten. Komisch, wozu brauchte er denn die Tasche? Na, wahrscheinlich befand sich darin etwas Leckeres für Shira. Linda lächelte und ging zur Kellertreppe.

Am Ende der Stufen angelangt, wurde ihr schwindlig. Sie hätte sich nach der Gesichts-OP streng genommen hinlegen sollen, stattdessen war sie die meiste Zeit mit Ruth am Tisch gesessen oder hatte mit Shira gespielt und geschmust. Bekam sie jetzt die Quittung dafür? Sie ließ sich auf der letzten Treppenstufe nieder, um kurz durchzuatmen. Dann hörte sie Schritte auf der Treppe. Sie lauschte. Die Geräusche kamen von der geschwungenen Treppe zum ersten Stock. Wieder einmal Ruth, dachte Linda gereizt. Sie war doch kein Teenie mehr, bei dem man so mir nichts, dir nichts einfach mal auftauchte. Das würde sie ihr jetzt ein für alle Mal klarmachen. Linda stand behutsam auf, sie fühlte sich ein wenig besser, der Ärger über ihre Mutter hatte ihren Kreislauf in Schwung gebracht. Sie lief zum Gefrierschrank, nahm die Churros heraus und als sie die Treppe gerade hochsteigen wollte, hörte sie Ruth kreischen. „Hast du sie noch alle? Lass deine Pfoten von Shira! Auf der Stelle!"

War Ruth völlig übergeschnappt? Durfte Timon Shira nicht einmal streicheln? So gern sie Ruth auch hatte, es war wirklich Zeit für ein Machtwort.

„Halt dich da raus, das geht dich einen feuchten Dreck an. Geh zurück in deine Wohnung! Oder am besten gleich in ein Altersheim!" Linda stutzte. Hatte Timon das tatsächlich gesagt? So schnell sie konnte, stieg sie die Stufen hinauf. Auf halber Strecke vernahm sie wütende Schreie und lautes Gepolter. Für einen Moment wunderte sie sich, warum Shira nicht längst bellte. Normalerweise mochte ihre Hündin es nicht, wenn es laut wurde oder wenn irgendwelche Sachen zu Boden gingen. Als Linda im Flur ankam und ins Wohnzimmer linste, wo sie alle ihre Lieben vermutete, erstarrte sie.

Ruth hatte argwöhnisch verfolgt, wie Timon sich nach seiner heutigen Schnippelei, wie sie die Schönheits-operationen ihrer Tochter nannte, um Linda küm-mern wollte. Sie hatte ein ungutes Gefühl in der Magengrube und wenn sie sich auf etwas verlassen konnte, dann auf ihren Solarplexus. Und der grum-melte heute gewaltig. Somit lauschte sie nach dem Ankommen des Arztes seiner Frage nach Shira und seinen angeblich guten Vorsätzen. Im Gegensatz zu ihrer verliebten Tochter dachte Ruth sofort, dass der feine Herr sicher etwas anderes im Schilde führte, als sich mit der Hündin anfreunden zu wollen. Deshalb schlich sie die Treppe ein paar Stufen hinunter und sah, wie Doktor Krankenstein seinen Arztkoffer aus dem Flur holte und ihre Tochter in den Keller verschwand. Sie ging leise die restlichen Stufen hinab und in die Wohnung ihrer Tochter. Als sie den Doktor an Shiras Körbchen entdeckte, dauerte es ein paar Schrecksekunden lang, bis Ruth begriff. Shira lag ungewöhnlich ruhig in ihrem Körbchen, daneben befand sich ausgebreitet diverses Operationsbesteck und der Mann fuhrwerkte an Shiras Lefzen herum.

„Hast du sie noch alle? Lass deine Pfoten von Shira! Auf der Stelle!"

Erschrocken fuhr der Ertappte herum. Seine patzige Antwort mit dem Hinweis auf ein Altersheim ließ Ruth völlig kalt. Wichtig war nur, dass er nicht dazukam, Shira etwas anzutun. Was eine erhöhte Dosis Adrenalin im Blut bei einem Menschen bewirken konnte, bekam Doktor Krankenstein jetzt zu spüren. Trotz ihres fortgeschrittenen Alters schnappte sich Ruth blitzschnell die am Boden stehende Arzttasche und zog sie ihm mit einem Schrei über den Kopf. Durch die Wucht des Aufpralls fuhr ihr die Tasche aus der Hand, schleuderte zu Boden und beförderte noch mehr Arztzubehör ans Tageslicht einschließlich einer bereits aufgezogenen Spritze. Shira rührte sich nicht, und Ruth befürchtete, dass er ihr bereits etwas verabreicht hatte. Eine Dosis Leckerli mit Beruhigungsmitteln oder Gott weiß was.

Ruths Schlag an Doktor Krankensteins Schläfe hatte gesessen. Doch als er sich auf sie stürzen wollte, rutschte er mit seinen Filzpantoffeln auf dem blank polierten Parkett aus. Er ruderte mit den Armen, verlor das Gleichgewicht und kippte nach hinten um. Ungebremst krachte er zunächst in Lindas Bodenvase, die mit einem Riesengetöse umfiel, und danach knapp neben Shiras Körbchen auf den Rücken. Dort lag er nun mit schmerzverzerrten Gesichtszügen. In seinem Oberschenkel steckte die Spritze, die kurz zuvor aus seiner Arzttasche gefallen und die nun zu einem Viertel leer war. Wie viel des Narkosemittels, das Ruth in der Spritze vermutete, direkt in Doktor Krankensteins Schenkel gegangen war, vermochte sie nicht zu sagen. Aber dass er etwas davon abbekommen hatte, war eindeutig zu erkennen, denn er konnte sich weder deutlich artikulieren noch kontrolliert bewegen.

Selbst schuld, dachte Ruth und besah sich die Dinge, die neben dem Bettchen der jetzt vor sich hingrunzenden Shira lagen. Außer einem Skalpell lagen da noch fein säuberlich aufgereiht eine Pinzette, zwei

Klemmen, eine Schere, irgendein komischer Spieß, eine Nadel und Faden. Was für eine Ansammlung an Folterinstrumenten. Ruth schüttelte sich unwillkürlich. Was zum Henker hatte er damit vorgehabt? Fast im gleichen Moment fiel es ihr es blitzartig ein. Dieser verdammte Kerl wollte Shiras Lefzen kürzen! Hatte er nicht immer herumgejammert, dass die Hündin ständig seine teuren Klamotten besabberte?

„Der spinnt wohl!", sagte sie laut und sah mit hochrotem Gesicht zu ihm hin. Doktor Krankenstein hing mittlerweile mit halb geschlossenen Augen über Shiras Bett und versuchte, sich an der Wand hochzuziehen. Das misslang ihm kläglich, dafür sabberte er gerade mindestens zehnmal schlimmer, als es Shira je tun würde, und brabbelte wirres Zeug. In Ruths Überlegung hinein, ob sie von diesem Szenario ein Handyfoto schießen sollte, gellte ein Schrei. Linda.

„Was ist hier los?" Ruth drehte sich zu ihrer Tochter herum. „Du musst jetzt tapfer sein, mein Liebes, aber ich sage es geradeheraus. Dein feiner Herr Doktor wollte Shira ein Lefzenlifting verpassen! Was sagst du dazu?"

„Wie bitte?"

„Er hat gerade versucht, sie zu narkotisieren, als ich hereinkam", erklärte Ruth, „und schau hier: die ganzen Folterinstrumente. Das spricht eine eindeutige Sprache!"

„Ich glaube das nicht!"

„Hmpf", kam es aus Bodennähe, wo sich immer noch Doktor Krankenstein an Shiras Körbchen festkrallte und vergeblich versuchte, aufzustehen.

„Sag, dass das nicht wahr ist, Timon."

„Hmhm", machte der Arzt und schüttelte, soweit es ihm möglich war, den Kopf.

„Wozu sonst liegt hier der ganze OP-Mist?" Ruth sah ihre Tochter beschwörend an. „Und wozu braucht man eine aufgezogene Spritze mit einem Mittelchen, dass eindeutig eine lähmende oder narkotisierende Wirkung hat?" Zu Doktor Krankenstein hin blaffte sie: „Oder hat man das als Schönheits-Doc immer so mit dabei? Präventiv für einen Beauty-Notfall?"

„Timon", sagte Linda, nun schon etwas unsicherer. „Das ist nicht wahr, oder?"

Langsam ließ die Wirkung des Mittels offenbar etwas nach, denn es kam wieder mehr Leben in Doktor Krankenstein. Auch wenn er nur schwer verständlich war, konnte Linda so etwas wie „hat alles keinen Sinn" aus seinen genuschelten Worten heraushören. Und auch Ruth hatte es verstanden. „Keinen Sinn?", keifte sie gleich dazwischen. „Das Einzige, was hier keinen Sinn macht, ist …"

„RUUUHEEE!!"

Der Schrei kam unvermittelt, laut und kräftig. Lindas Augen blitzten vom einen zum anderen. Viel zu lange hatte sie alles in sich hineingefressen. Jetzt brach es aus ihr heraus. „Ich habe die Schnauze voll – und zwar gestrichen! Ruth, von deiner ewigen Einmischerei, auch wenn du es immer nur gut meinst." Bei dem Wort „gut" malte sie mit den Fingern Gänsefüßchen in die Luft. Timon, der den Anpfiff in Richtung Ruth sehr wohl mitbekam, sabberte mehr, als dass er grinste. An ihn gewandt fuhr Linda fort. „Und bei dir, Timon, davon, dass immer alles nach deinem Kopf gehen muss und du, egal wie sehr du dich anstrengst, wohl auf ewig nicht mit meiner geliebten Hundemaus zurechtkommen wirst."

Jetzt griente Ruth. „Aber …", setzte sie an, jedoch schnitt Linda ihr mit einer kantigen Handbewegung das Wort ab. „Sei bitte mal still, Mutter. Ich habe hier etwas zu klären."

Doktor Krankenstein erhob sich noch etwas taumelnd. Linda rührte keinen Finger, um ihm zu helfen. Sie stützte beide Hände in die Taille und sah ihren Freund unverwandt an.

„Ich stelle dir jetzt eine Frage und ich will eine ehrliche, hast du gehört, eine ehrliche Antwort. Hattest du vor, an Shira Hand anzulegen und irgendetwas an ihr zu verändern – ja oder nein?"

Der Arzt schnaufte tief durch, kräuselte die Lippen und sagte mühsam: „Du übertreibst schon ein wenig mit deinem Vierbeiner. Da …"

„Ja oder nein?", unterbrach Linda ihn und ging einen Schritt auf ihn zu. Ihre Stimme war bedrohlich leise geworden.

Doktor Timon von Kranenberg war anscheinend wieder Herr seiner Sinne und augenblicklich kehrte seine gewohnte Überheblichkeit zurück, denn die Antwort kam ihm ebenso süffisant wie deutlich über die Lippen. „Heute nicht, meine Liebe. Heute hatte ich nur ein paar beruhigende und schläfrig machende Leckerlis dabei. Damit ich mir in Ruhe ein Bild von ihren labbrigen Lefzen machen kann. Und ja, ich wollte die Dinger kürzen, damit dieses elende Gesabbere weniger wird. Das hätte ich während deiner nächsten eigenen OP gemacht. Deine Hängebäckchen brauchen noch eine Straffung, wie du weißt. Da wärst du in der Klinik gelegen und hättest nichts davon mitbekommen." Er blickte zu Ruth und fügte hinzu: „Mit dir wäre ich auch noch fertig geworden."

Linda war weiß wie die Wand. „Raus", flüsterte sie. Ihr Herz pochte wie wild, sie musste alles an Selbstbeherrschung aufbieten, um nicht auf ihn einzuschlagen. Sie spürte einen stechenden Schmerz im Kopf und an den Augen. „Raus, aber sofort. Und nimm deine albernen Filztreter mit."

Im selben Moment klingelte es an der Haustür. Ruth, die ausnahmsweise mal froh über eine Unterbrechung in einem Streitgespräch mit diesem Fatzke war, hob nur kurz die Hände und flitzte los. Timon hingegen sammelte seelenruhig seine Habseligkeiten ein, verstaute die Spritze in der Tasche und sah nach, ob in derselben noch alles heil war. Linda blieb bei ihm stehen und starrte ihn noch immer fassungslos an. Wie hatte sie sich doch nur täuschen lassen. Liebe machte tatsächlich blind. Oder vernebelte zumindest jegliche Realität. Nach dem, was gerade geschehen war, wartete sie nur darauf, dass er endlich die Tür von außen zuzog und nie wieder einen Fuß über die Schwelle setzte.

Timon hingegen schien noch nicht so weit zu sein. „Weißt du, Linda, ich könnte jetzt die Polizei rufen und denen erzählen, dass deine verrückte Mutter mit der Betäubungsspritze auf mich losgegangen ist, mich in Gefahr gebracht und verletzt hat. Vielleicht habe ich ja einen Herzfehler und die Narkosespritze hätte für mich lebensbedrohlich sein können."

Linda fixierte ihn mit offenem Mund. Das konnte nicht sein Ernst sein. Wollte er hier jetzt in der Tat noch einen draufsetzen? Die Stimme ihrer Mutter weckte sie aus ihrer Erstarrung. „Na, einen Herzfehler kann ich bei dir auf alle Fälle diagnostizieren", konterte Ruth eiskalt, „und das ganz ohne Untersuchung. Einen mittelschweren Hirnschaden ebenfalls, den hast du aber weder von dem kleinen Sturz vorhin noch von dem Etwas an Narkosemittel, dass du erwischt hast. Das ist wohl beides bei dir angeboren."

Noch bevor Doktor Krankenstein etwas erwidern konnte, kam eine zweite Person ins Zimmer. Frau Pohl.

„Und hier, mein Lieber, ist Frau Pohl. Wie sie mir gerade erzählt hat, kann sie es kaum erwarten, sich ebenfalls die Schlupflider operieren zu lassen. Per Hausbesuch. Also wenn du unbedingt die Polizei holen möchtest – bitte. Ich hätte da sicher die spannendere Geschichte von uns beiden zu erzählen." Jetzt pokerte Ruth ein wenig und hoffte, damit ins Schwarze zu treffen. „Oder legst du keinen gesteigerten Wert darauf, deine Approbation zu behalten? Denn Hausbesuche sind sicher deine Spezialität, richtig? Und die Bezahlung ist dabei immer in bar und unversteuert, nehme ich an."

Frau Pohl, selten sprachlos wie in diesem Moment, erkannte jäh, was sie soeben mit ihrer Wichtigtuerei ausposaunt hatte. „Nein, nein, Ruth, da hast du gerade was missverstanden. Ich möchte nur ein, äh, Beratungsgespräch, äh, und Doktor Kranenstein war so nett und wollte das bei mir zu Hause machen."

Das Gesicht des Arztes lief rot an. „Erstens heiße ich VON KranenBERG und zweitens wird mir das hier alles zu blöd. Ihr könnt von Glück sagen, dass ich heute meinen sozialen Tag habe und alles auf sich beruhen lasse." Eilig, quetschte er sich, sein Arzttäschchen wie ein Schutzschild an sich gepresst, an den drei Frauen vorbei, riss seinen Mantel vom Haken und hastete davon, ohne sich noch einmal umzudrehen. Frau Pohl hastete hinterher. „Doktor von Kranenberg, so warten Sie doch!"

Während Ruth die Haustür schloss, stand Linda noch immer wie angewurzelt im Wohnzimmer. Plötzlich hörte sie ein herzhaftes Niesen. Shira war aufgewacht. Noch etwas benommen hob sie den Kopf und sah ihr Frauchen aus glasigen Augen an. „Oh, Süße, ich habe einen solchen Fehler gemacht, als ich mich auf diesen Mistkerl eingelassen habe. Und beinahe hättest du das auch noch büßen müssen. Schlimm genug, dass er dich nie wirklich leiden konnte. Im Moment will ich von Männern nichts wissen, aber ich schwöre dir, der nächste hat bei mir nur dann eine Chance, wenn du ihn magst und er dich ebenso." Linda kniete sich neben das Hundekörbchen, nahm Shiras Kopf behutsam in die Hände und legte ihre Stirn kurz auf die von Shira.

„So, meine zwei Mädchen. Ich mache dann mal das Abendessen für uns alle, oder?"

„Danke. Und, es tut mir leid."

„Lass gut sein, mein Schatz. Ich muss mich entschuldigen, ich schieße oftmals über das Ziel hinaus.

Vor allem in der letzten Zeit. Das weiß ich sehr wohl. Aber bei dem Herrn von und zu hatte ich von Beginn an ein schlechtes Gefühl."

„Und du hattest recht."

„Egal, kommt, setzt euch zu mir in die Küche. Ich habe gerne Gesellschaft beim Essenzubereiten. Und übrigens: Dass bei der Pohl auch nicht mehr alles echt ist, das habe ich schon seit längerer Zeit beobachtet. Doppelt Grund, froh zu sein, dass du den Kerl los bist."

„Wieso?"

„Na, jeder Arzt will doch bei seinen Schönheitsoperationen eine Art Handschrift hinterlassen. Da macht der eitle Doktor Krankenstein sicher keine Ausnahme. Und du willst sicher nicht irgendwann so aussehen wie Frau Pohl, oder?"

ENDE

Lesson
1

Nachwort der Autorin

Liebe Leserin, lieber Leser,

vielen Dank, dass Sie meinen ersten Sammelband „Learning by DOGing" mit acht Bellotristik-Kurzgeschichten gelesen haben. Ich hoffe, die eine oder andere Geschichte daraus hat Ihnen gefallen (im besten Fall natürlich alle acht) und ich konnte Ihnen als Hundehalter so manches Mal aus der Seele sprechen.

Meine Bellotristik-Kurzgeschichten basieren zwar nicht auf wahren Begebenheiten, werden aber durchaus ein Stück weit von der Realität inspiriert – was größtenteils wunderbar, positiv und herzerfrischend ist, zuweilen aber auch erschreckend und traurig sein kann, wie zum Beispiel die Fakten rund um das Thema Schönheitsoperationen für Hunde, die mich zu der Geschichte „Doktor Krankenstein" inspiriert haben.

Der zweite Sammelband der Bellotristik-Kurzgeschichten mit dem Titel „All unDOG control" enthält weitere zehn spannungsreiche, lustige und tiefsinnige Kurzgeschichten.

Wenn Sie an Neuigkeiten über anstehende Buchprojekte, Neuerscheinungen oder Gewinnspiele interessiert sind, dann tragen Sie sich unter

www.irisdchris.de in meinen Newsletter ein.

Oder folgen Sie mir einfach bei Facebook oder Instagram:

www.facebook.com/irisdchris

www.instragram.com/irisdchris

Natürlich freue ich mich über ein Feedback zum Buch. Schreiben Sie dazu einfach an meine E-Mail-Adresse: kontakt@irisdchris.de.

Und zu guter Letzt:

Wenn Ihnen die Geschichten gefallen haben, wäre es wunderbar, wenn Sie eine kurze Rezension beim Buch- oder E-Book-Händler Ihres Vertrauens hinterlassen würden und das Buch anderen lesewütigen Hundemenschen weiterempfehlen.

Herzlichen Dank.

Alles Liebe für Sie und Ihre Hunde,

Ihre Iris D. Chris

Noch mehr aus der Bellotristik

Sammelband zwei „All unDOG control":

Softcover – ISBN: 9783753444338

E-Book   – ISBN: 9783753451503

Kurzgeschichten in All unDOG control:

Morfois

Nicht zum Verzehr geeignet

Señor Comandante und Frau Sturm

Traum in Pink

Hund vs. Katze

Herrchen am Herd

Analog oder digital?

und weitere.

Zwölf der Bellotristik-Kurzgeschichten gibt es auch einzeln als E-Book

Restaurant – ISBN: 9783750419155 | E-Book

Morfois – ISBN: 9783750432543 | E-Book

Geheimnis – ISBN: 9783750432789 | E-Book

Sieben Lektionen – ISBN: 9783750437579 | E-Book

Traum in Pink – ISBN: 9783750437616 | E-Book

Hund vs. Katze – ISBN: 9783750409125 | E-Book

Winterspaziergang – ISBN: 9783748163497 | E-Book

Herrchen am Herd – ISBN: 9783749482337 | E-Book

Doktor Krankenstein – ISBN: 9783749482344 | E-Book

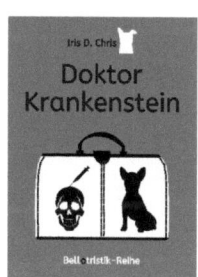

English for dogs – ISBN: 9783749482368 | E-Book

Mordstheater – ISBN: 9783749482382 | E-Book

Flirtcrasher – ISBN: 9783749482405 | E-Book